Ulrich Bunjes
Ein Kessel Pommes
Geschichten

AF191579

Speyer 2023

Die tägliche Zeitungslektüre erregt in uns Verwunderung und Staunen (ist dies möglich? geschieht dies tatsächlich?), ebenso aber auch Übelkeit und Verzweiflung: die Schiebereien und Skandale, der Wahn und die Idiotie, die Frömmelei, die Lügen, der Lärm.

Philip Roth, „Amerikanische Romane schreiben" (1961)

Ulrich Bunjes

Ein Kessel Pommes

Geschichten

Speyer 2023

Bibliografische Information der Deutschen Nationalbibliothek: Die Deutsche Nationalbibliothek verzeichnet diese Publikation in der Deutschen Nationalbibliografie; detaillierte bibliografische Daten sind im Internet über dnb.dnb.de abrufbar.

Die automatisierte Analyse des Werkes, um daraus Informationen insbesondere über Muster, Trends und Korrelationen gemäß §44b UrhG („Text und Data Mining") zu gewinnen, ist untersagt.

Herstellung und Verlag: BoD – Books on Demand, Norderstedt

Typographie: Calibri und Calibri Light

ISBN 978 3 758 31592 3

Inhalt

Untergang am Tag der Arbeit

Das provisorische Rednerpult im Hintergrund dominierte den Raum. Davor reihenweise Kameraden, die sich leise mit ihren Nachbarn unterhielten und von denen die meisten, sogar die Frauen, billige Zigaretten rauchten. Einige hatten Bier oder Wasser mitgebracht. Die Plakate an den Wänden forderten „Solidarität", „Reform" oder „Wachsamkeit", oder alles zusammen. Durch die kleinen Fenster war noch etwas Tageslicht zu sehen, denn es war Anfang Mai, ein Monat mit dringend benötigtem Sonnenschein nach einem langen, schneereichen Winter.

Der örtliche Sekretär hatte seine Rede erst vor wenigen Augenblicken beendet. Er hatte einen kurzen Bericht über die Kundgebungen des Tages gegeben, die eine eindringliche Botschaft an die herrschenden Klassen gesendet hatten: Legt euch nicht mit den Arbeitern an, lasst die Finger von ihren Ansprüchen, auch wenn alle Länder in der Umgebung in Trümmern liegen. „Aber vergessen wir nicht die schlimme Situation unserer Kameraden im Ausland, die um ihr Leben fürchten, oft hungrig zu Bett gehen, viele von ihnen im Gefängnis oder in Lebensgefahr, eingepfercht in unmenschlichen Lagern", hatte er gesagt. Und der örtliche Sekretär hatte mit „Es lebe die internationale Solidarität!" geendet. Es hatte Applaus gegeben, höflich, aber nicht gerade tosend. Die Arbeiter in diesem Land hatten ihre eigenen Probleme.

Als der folgende Redner, Autor eines bekannten Romans, eine kurze, wohlabgewogene Rede hielt, ordnete er noch einmal seine Gedanken, denn er würde der nächste sein. Vor Beginn der Versammlung hatte er den örtlichen Sekretär gefragt, ob er sich kurz an die Versammlung wenden könne, um im Namen der hier Gestrandeten aus dem Ausland, die auf die Gastfreundschaft und Unterstützung der Genossen angewiesen seien, ihren Dank auszudrücken. „Ja, kein Problem, mach nur", hatte der örtliche Sekretär mit seiner tiefen, freundlichen Stimme gesagt. „Aber mach es kurz, ja."

Er würde kurz und prägnant sein. Er wusste, dass er ein guter und erfahrener Redner war. Die Genossen in Paris, in Brüssel, in Barcelona, Oslo und — was inzwischen so lange her schien — in Lübeck hatten ihn oft gebeten, das Wort zu ergreifen und in Worte zu fassen, was in diesem Moment gesagt werden musste. Er hatte die Gabe, das, was jeder fühlte, in einfachen und menschlichen Worten und in einer Sprache auszudrücken, die nicht von Ideologien und Stereotypen geprägt war. Er hatte nie Angst vor großem Publikum, und lernte schnell die Sprachen der Länder, in denen er während seiner langen Odyssee durch den Kontinent Zuflucht gesucht hatte. Jahrelange Untergrundaktivitäten hatten ihn auch gelehrt, Geheimtinte und Briefmarken zu verwenden; heute waren jedoch banalere Fähigkeiten erforderlich.

Rasch stand er auf, als der Applaus für den Vorredner verebbt war und alle Anwesenden Gelegenheit hatten, durchzuatmen, vielleicht um eine kurze anerkennende Bemerkung an den Nachbarn zu richten. Oder um einen Schluck aus einer Flasche zu nehmen, eine neue Zigarette oder die Pfeife anzuzünden. Unter der niedrigen Decke hing dichter Tabakrauch. Es war ein Tag des Feierns, nicht der Arbeit.

Zehn Meter bis zum Rednerpult. Er erreichte das Podium und drehte sich um. Freundliche Gesichter, wohlgenährt, nicht müde oder verzweifelt und abgenutzt wie die Gesichter, die er vor nicht allzu langer Zeit in Berlin und anderen Orten im Reich gesehen hatte, zerrissen von Hass und Gewalt. Aus der rechten Außentasche seines leicht übergroßen, abgenutzten, aber zweireihigen Mantels zog er den Text, den er heute Morgen vorbereitet hatte und der schnell von allen anderen hier in der Hauptstadt versammelten Mitgliedern der politischen Diaspora gebilligt worden war. Der Tag der Arbeit war nicht nur für die örtlichen Genossen ein Tag des Feierns. Das Drama, das sich gerade einige hundert Kilometer weiter südlich entfaltete, gab jedem in diesem Raum, jedem im Land endlich die Hoffnung, dass das Ende eines zwölfjährigen Albtraums nahe sein könnte.

„In diesem festlichen Moment", begann er, „erlaubt mir, ein paar Worte über die allgemeine Lage zu sagen."

Während er das sagte, kehrten seine Gedanken zu dem vereitelten Attentat auf den Diktator vor einigen Monaten zurück – und später konnte er nicht einmal mehr sagen, warum ihm genau diese Episode in diesem Moment in den Sinn kam. Er war involviert gewesen, wenn auch in einer sehr untergeordneten Rolle und weit entfernt vom Epizentrum der Katastrophe. Hätte der Putsch sein Ziel erreicht, wäre alles anders gekommen. Freunde würden noch am Leben sein, die in den vergangenen Monaten ums Leben gekommen waren.

Unter ihnen war Julius, der so viele Jahre lang so viel gelitten hatte, ohne unter der Folter zusammenzubrechen. Städte würden noch stehen, wo im Moment nur rauchende Trümmerhaufen und unzählige Leichen zu sehen waren.

„Die allgemeine Lage", fuhr er fort, „gibt uns mehr Hoffnung als je zuvor in den letzten Jahren." Er sah, wie einige Köpfe im Publikum nickten und ihn einluden, weiterzumachen und ihnen ein optimistischeres Bild vom Zustand der Welt zu zeichnen. Was konnte er sagen, ohne naiv zu erscheinen? Die Freunde im Publikum hatten eine unvoreingenommene und realistische Analyse der bevorstehenden Herausforderungen verdient. „Mehr Hoffnung", sagte er, „aber kein Grund zur Euphorie."

Er hatte genug Schattenboxen über winzige, haarspalterische und im Allgemeinen sinnlose dogmatische Differenzen gesehen, zu viele selbstmörderische und zermürbende Konflikte zwischen nahen politischen Verwandten, um jemals wieder an einfache Lösungen und den leichten Sieg des gesunden Menschenverstandes zu glauben. Auch nicht nach dieser Katastrophe kosmischen Ausmaßes. Er hatte ein Übermaß an Verrat und Doppelzüngigkeit gesehen. Er hatte miterlebt, wie schnell menschlicher Anstand verschwinden konnte, wenn die Versuchung und die versprochenen Belohnungen erst einmal groß genug waren. Er hatte zu viele Manöver ausländischer Mächte wahrgenommen, die ihre eigenen Interessen verfolgten, indem sie ihre Speichellecker im Ausland manipulierten. Es war schwierig, trotz all dieses Schreckens den Optimismus zu bewahren.

„Lasst mich euch eine Botschaft vorlesen, auf die wir uns in der Internationalen Gruppe heute Morgen geeinigt haben." Er blickte auf das Papier in seiner Hand und zögerte einen Moment, bevor er fortfuhr: „Eine Dankesbotschaft."

Wo wären sie alle ohne die Hilfe der Menschen, die jetzt vor dem Rednerpult saßen und geduldig darauf warteten, dass er fortfuhr? Nirgends. Oder besser gesagt im Gefängnis. Oder tot in einem Graben. Vergast. Erschossen. Mit einem Bajonett erschlagen. Gehenkt. Wie konnte er jemals ausdrücken, wieviel er ihnen schuldete? Wie konnte er diese grenzenlosen Schulden jemals abbezahlen?

„Wir möchten euch, und durch euch allen Kameraden in diesem Land, für die Gastfreundschaft danken, die ihr uns entgegengebracht habt."

Als er sie vorlas, hatte er sofort das Gefühl, dass diese Worte oberflächlich, zu kalt und abstrakt waren, um wirklich die Herzen des Publikums im Raum zu erreichen. Sein ganzes Leben lang war er nie um die passende Formulierung verlegen gewesen, weder beim Verfassen seiner unzähligen Zeitungsartikel noch bei der Ansprache kleiner oder großer Gruppen. Aber der Text in seiner Hand war, wie er jetzt spürte, eindeutig ungenügend. Vielleicht, dachte er, haben die Jahre der sektiererischen Überheblichkeit unser Talent beeinträchtigt, unsere Gefühle in klaren und einfachen Worten auszudrücken. Vielleicht sollte die aktuelle Katastrophe nicht nur zu einer neuen politischen Ordnung auf dem Kontinent führen, sondern auch den Grundstein für eine neue Sprache legen.

Jetzt war es zu spät, die Worte auf dem Papier in seiner Hand zu ändern. Für den Bruchteil einer Sekunde fragte er sich, ob seine kurze Ansprache vielleicht den Weg in ein Archiv finden würde, um künftigen Generationen von Forschern zu helfen. Er verspürte plötzlich den Drang, jeden einzelnen Kameraden im Publikum zu umarmen, anstatt nur leere Sätze in ihre Richtung zu rufen.

Deshalb sagte er, abweichend vom vereinbarten Text: „Ohne euch hätten wir nie überlebt. So einfach ist das." Er bemerkte, dass er rot wurde und spürte, wie sich Schweiß auf seiner Stirn sammelte, aber er wusste, dass dieses kleine Extra nötig war, mehr als nötig, um den Moment unvergesslich zu machen. Er schaute noch einmal auf das Papier und las vor: „Wir möchten uns auch bei allen Kameraden bedanken, die den Kriegsopfern auf so viele andere Arten geholfen haben."

Trockene Worte ohne tiefere Bedeutung. Unwirksames Gefasel. Er zuckte zusammen.

Aus dem Augenwinkel bemerkte er plötzlich, dass in diesem Moment jemand durch den Seiteneingang eilig den Sitzungssaal betrat. Eine junge Frau hielt ein kleines Stück Papier in der Hand. Ihr Gesicht drückte völlige Verwirrung und Unglauben aus. Mit großen Schritten trat sie auf das Podium zu und reichte das Papier dem örtlichen Sekretär, der — seinem Gesichtsausdruck nach zu urteilen —zunächst diese Unterbrechung des Sitzungsalltags zu missbilligen schien. Dann blickte der Sekretär auf den Zettel, las die Nachricht und erhob sich abrupt von seinem Stuhl, der nach hinten fiel und mit einem lauten Knall auf die Holzdielen aufschlug. Sichtlich erschüttert trat er schnell an das Rednerpult und reichte dem Redner das Blatt.

„Wir sind euch zu großem Dank verpflichtet", sagte dieser gerade, als er sah, wie der Sekretär auf ihn zustürmte. Er hielt inne, runzelte die Stirn, unschlüssig, ob die Nachricht in der Hand des Funktionärs für ihn gemeint war oder nicht. Der Sekretär schüttelte eindringlich den Kopf, erreichte schließlich den Redner, packte ihn am Arm und drückte ihm das Dokument in die Hand.

Er blickte auf den Zettel. Es war das kurze Fernschreiben einer Nachrichtenagentur, grob von einer Papierrolle abgerissen und auf ein kleines Blatt Papier geklebt. Es dauerte ein oder zwei Sekunden, bis er die Ungeheuerlichkeit der in etwas ungenauen, wässrigen Buchstaben gedruckten Worte begriff. Dann drehte er sich zum Publikum.

„Liebe Freunde", begann er, mit einer Stimme, von der er wusste, dass sie jetzt unwillkürlich zitterte. „Ich denke, ich sollte euch mitteilen, was gerade hereingekommen ist." Er spürte, wie gewaltige Adrenalinströme durch seine Adern schossen, und gleichzeitig bemerkte er, wie die Aufmerksamkeit seines Publikums zunahm. Menschen, die in der warmen, rauchigen Atmosphäre des Raumes eingenickt waren, wurden plötzlich wach und waren neugierig darauf, was wichtig genug sein könnte, um die Rede des ausländischen Kameraden zu unterbrechen. Er konnte das Zittern seiner Hände nicht unterdrücken. Er sah den örtlichen Sekretär an, der ebenfalls versuchte, seine Nerven zu beruhigen, indem er sich die Schläfen rieb; dann die junge Frau, die die Botschaft überbracht hatte, die jetzt am Rand des Podiums stand und mit offenem Mund zu ihm aufblickte.

„Liebe Freunde", begann er erneut, jetzt mit lauterer und festerer Stimme, „es kann jetzt nur noch eine Frage von Tagen sein. Der Diktator hat sich seiner Verantwortung entzogen und sich selbst getötet."

Einen Moment herrschte tiefe Stille. Für ein oder zwei Sekunden war kein Ton zu hören. Dann sprangen alle von ihren Sitzen auf und begannen gleichzeitig zu schreien. Überall gab es lächelnde Gesichter, einige kurze Hurrarufe, einige freudige Pfiffe. Viele Genossen sahen sich immer noch ungläubig um, als könnten sie in den Gesichtern der anderen eine Bestätigung der Nachricht finden. Zwei oder drei Kameraden stürmten zum Podium, um selbst einen Blick auf das Agenturkabel zu werfen, das der Redner noch immer in Händen hielt, der selbst mit seinen Gefühlen kämpfte und unschlüssig war, was er als nächstes tun sollte. Andere Zuhörer setzten sich wieder hin, hielten ihre Köpfe zwischen den Händen und blickten ungläubig zu Boden. Die junge Mitarbeiterin ging auf den Sprecher zu und legte ihre Hand auf seinen Arm, als wollte sie ihm in diesem entscheidenden Moment beistehen. Der örtliche Sekretär eilte zur Seitentür, vermutlich mit dem Ziel, ein Telefon zu erreichen und bei der Zentrale nach weiteren Einzelheiten zu fragen.

Noch immer am Rednerpult stehend, räusperte sich der Redner einmal, zweimal. Dann rief er: „Darf ich um eure Aufmerksamkeit bitten!" Er räusperte sich ein drittes Mal und sah sich unentschlossen um, um die Aufmerksamkeit des Raumes auf sich zu ziehen. Es herrschte allgemeine Aufregung, sogar Verwirrung.

Und dann hatte er eine Idee. Er begann zu singen. Die Hymne der internationalen Arbeiterbewegung.

Es dauerte nicht länger als fünf Sekunden, bis der Raum von einem starken Chor aus Männer- und Frauenstimmen erfüllt war. Nicht alle waren sich über den genauen Liedtext im Klaren, was einige „Hmms" und „Dings" und „Ähs" erklärte, aber im Großen und Ganzen war es eine beeindruckende Demonstration kollektiver Entschlossenheit und internationaler Verständigung.

Als das Lied zu Ende war, ergriff er erneut das Wort. *„Tack så mycket"*, sagte er bescheiden. „Die Welt hat sich verändert. Das Ende des Monstrums ist nahe. Die Zukunft ist offen. Lasst uns an die Arbeit gehen."

Die Raschelmaschine

Als er noch regelmäßig in die Redaktion ging, las er jeden Morgen beim Frühstückstisch wortlos die Lokalzeitung. Die Frau saß ihm stets gegenüber und machte sich dunkle Gedanken über die Ehe. Vielleicht bot das Frühstück sowieso keine gute Gelegenheit, mit ihrem Gemahl ein Gespräch anzufangen, fand sie damals. Er war halt ein beschäftigter Mann.

Die Dinge änderten sich, nachdem er sich zur Ruhe gesetzt hatte. Zunächst dauerte es morgens wesentlich länger, bis er jede Seite der Zeitung studiert hatte. Dann, nach einigen Monaten, gewöhnte er es sich an, schon beim Kaffee das tägliche Kreuzworträtsel zu lösen. Die Frau nahm es hin, auch wenn sie der Meinung war, dass er jetzt, wo es keine nennenswerten beruflichen Verpflichtungen mehr gab, ruhig einmal aufblicken und ein Wort an sie richten konnte. Er tat es nie, und das erbitterte sie mehr und mehr.

Zwei Jahre später stürzte der Mann und erlitt eine seltene Form der Lähmung. Er konnte nur mit Mühe seine Beine bewegen, die Arme versagten ihm aber völlig den Dienst und das Sprechen fiel ihm schwer. Die Frau gehörte zu den wenigen Menschen, die einigermaßen verstanden, was er zu sagen versuchte.

Seine morgendliche Zeitungslektüre wurde damit erheblich schwieriger. Zuerst setzte sich die Frau neben ihn an den Frühstückstisch und breitete die Zeitung so vor ihm aus, dass er selbst lesen konnte. Sie blätterte die Seiten um, sobald er einen undeutlichen Laut von sich gab. Auf das Kreuzworträtsel musste er verzichten. Auch ein Hin- und Herblättern wie früher war ausgeschlossen. Ebenso konnte er nicht zuerst den Sportteil, dann das Feuilleton und dann erst die politischen Aufmacher studieren. Die Frau hing grundsätzlich der Überzeugung an, dass man eine Zeitung von vorn nach hinten zu lesen habe. Also machte sie sich auch nicht mehr Arbeit als nötig.

Bald darauf bekam er schwere Probleme mit seinem Augenlicht. Sein Geist war noch wach, vermutete sie. Aber Lesen kam nicht mehr in Frage. Er forderte die Frau umständlich auf, ihm morgens wenigstens ein paar Artikel aus der Zeitung vorzulesen. Sie fand diese Bitte unbescheiden, und so beschränkte sie sich auf drei, höchstens vier kleine oder mittellange Artikel pro Tag. Danach teilte sie ihm jeweils unmissverständlich mit, dass sie dringende Hausarbeit zu verrichten habe. Er musste es akzeptieren.

Sie wusste hinterher gar nicht mehr, wer oder was sie auf die Idee gebracht hatte, oder wann ihr Entschluss gereift war. Nach einigem Suchen wurde sie schließlich in einem dämmrigen Laden am Bahnhof fündig und kaufte nach wochenlangem Zögern die Maschine. Sie erschien ihr etwas teuer, aber sie diente ja einem guten Zweck. Die Bedienung erwies sich als umständlich, zumal die Frau mit Apparaten dieser Art keinerlei Erfahrung hatte; sie konnte nicht einmal einen Computer bedienen.

Geschweige denn eine Raschelmaschine.

Es erwies sich allerdings, dass der kleine Kasten durchaus funktionierte. Sie stellte die Maschine jeden

Morgen neben sich auf den Frühstückstisch, bediente den einzigen Knopf und freute sich über das Geräusch, das aus dem Lautsprecher drang. Ein unregelmäßiges, geheimnisvolles Rascheln. Wie beim Hantieren mit einer Zeitung.

Der Mann schien zufrieden, dass sich die Frau offenbar intensiv mit dem Inhalt der Zeitung auseinandersetzte. Gelegentlich unterbrach sie das Geräusch, um ihm aufs Geratewohl einen oder zwei kurze Artikel vorzulesen. Dann teilte sie ihm mit, dass es heute keine weiteren interessanten Berichte gebe und sie eh einkaufen müsse. Der Mann konnte ihr nicht mehr widersprechen.

Einige Monate ging es gut, bis sie fand, dass es reichte, zumal sie den Eindruck hatte, dass der Mann im Kopf nicht mehr gut funktionierte. Das war der Tag, als sie am Frühstückstisch die Raschelmaschine anmachte — und nichts vorlas. Sie gab keine weitere Erklärung ab. Der Mann genoss offenbar bereits das Gefühl, einer Zeitung nahe zu sein. Bestimmt hatte er sowieso das Interesse an der Welt verloren.

Das neue Ritual hielt ein paar Wochen: sie setzte ihren Mann an den Frühstückstisch, reichte ihm das Essen und ließ anschließend den Apparat zehn Minuten lang seine Arbeit verrichten. In dieser Zeit fiel zwischen ihnen schon kein Wort mehr. Nur das Rascheln war noch da.

Dann kam der Punkt, an dem der Mann nicht mehr das Bett verlassen konnte. Sie stellte die Maschine in sein Schlafzimmer. Der Apparat raschelte praktisch den ganzen Tag lang und meist auch in der Nacht, was nach

Auskunft des Arztes eine beruhigende Wirkung auf den Patienten hatte.

Als der Mann starb, machte die Frau kein großes Aufheben. Der Sarg gehörte zu den preiswerteren. Auf die Bewirtung einer Trauergesellschaft und eine Anzeige in der Zeitung verzichtete sie ganz. Aber sie versicherte sich bei dem Priester, der die Aussegnung vornehmen sollte, dass man durchaus eine kleine Maschine mitbeerdigen kann, ohne die Gesetze der Schicklichkeit oder der Kirche zu verletzen.

Zwei Stunden in Flandern

Die Chefredaktion hatte dem Fotografen und mir einen Flug nach Antwerpen spendiert. Um nach Passendale zu gelangen, dem mit den Trappistenmönchen ausgehandelten Ort des geplanten Interviews, besorgten wir uns einen Mietwagen. Zwei Stunden später saßen wir in der halbdunklen, feuchten Sakristei der Klosterkirche und warteten gespannt auf unseren Zeitzeugen — einen Zeugen wofür eigentlich? Dass es im Westen vielleicht doch etwas Neues gab?

Der Fotograf hatte seine Ausrüstung bereits auf dem kleinen Altar zurechtgelegt. Auf meinen Knien hielt ich das Klemmbrett mit den Fragen, die ich mir in Hamburg zurechtgelegt hatte.

Wir bemerkten nicht, wie unser Mann in die Sakristei gekommen war. Plötzlich war er da. Er räusperte sich, dann stellten wir uns vor und bestätigten beiderseits die bereits per E-Mail getroffenen Abmachungen: Publikation des Artikels und der Fotos erst nach Freigabe; keine Fragen nach Schuld; keine Fragen nach dem jetzigen Aufenthaltsort; keine Tonaufzeichnung, kein Blitzlicht, nicht länger als zwei Stunden.

„Wenn Sie so zurückdenken, Herr Bäumer…", begann ich.

„Nenn mich Paul, das haben wir immer so gemacht," fuhr er sofort mit Grabesstimme dazwischen.

Ich gehorchte seinem Wunsch und kam gleich auf den Aspekt zu sprechen, der mich beim neuerlichen Durchlesen seiner Kriegserinnerungen besonders fasziniert hatte: sein beredtes Schweigen über alles, was er von Land und Leuten in Belgien gesehen haben musste. „Außer den Deutschen, den Kriegskameraden und den Zivilisten in der Heimat", sagte ich leichthin, „gewinnen in Ihrem Bericht nur zwei andere Europäer eine gewisse Kontur. Einer ist der Buchdrucker Gérard Duval, den Sie getötet haben."

„Der Franzos... Die Trichterszene...", erwiderte Bäumer und starrte — soweit es im Halbdunkel zu erkennen war — auf den kleinen Altar. „Es ging nicht anders. Er oder ich. So war der Grabenkampf. Hin und her." Er verfiel in Gedanken.

„Keine Frage", sagte ich besänftigend, „das ergab sich ja aus der Kriegslogik. Von Schuld sprechen wir ja auch nicht, Paul. Aber hat Sie nicht interessiert, wer da sonst so auf der anderen Seite der Gräben die Fäden gezogen hat – der französische Premier Clemenceau zum Beispiel, oder Feldmarschall Haig?"

Bäumer schwieg. Vielleicht hatte er sich diese Frage noch nie gestellt. Dann sagte er zögernd, dass er damals nicht einmal zwanzig Jahre alt gewesen sei, und dass die Landser — er sagte wirklich: „Landser"! — damals von praktisch allen Informationen über andere europäische Länder abgeschnitten gewesen seien. Nicht mal in der Schule habe man etwas über die Nachbarn gelernt, außer rassistischen Stereotypen, die habe man allerdings reichlich zu hören bekommen. Seinen chauvinistischen Lehrer habe er doch in allen Einzelheiten geschildert. Die deutsche Bildungspolitik sei erst nach den beiden Weltkriegen endlich eine andere geworden, soweit er wisse.

Die ungünstigen Lichtverhältnisse machten es mir unmöglich, dabei das Mienenspiel des uralten Mannes zu verfolgen. Der Fotograf schoss ein paar Fotos, die er sofort auf dem Display der Kamera kontrollierte, aber ich merkte, dass er mit den Ergebnissen nicht zufrieden war.

Ich kam noch einmal auf meine Eingangsfrage zurück. „Paul, die andere Person, die Sie in Ihren Aufzeichnungen etwas näher beschreiben, ist die namenlose schmale, dunkle Französin auf der anderen Seite des Kanals. Sexuelles Verlangen war schon immer ein starkes Motiv, die nationalen Grenzen zu überschreiten, oder wie empfinden Sie das heute aus dem Abstand von gut hundert Jahren?"

Bäumer lachte heiser auf. Etwas raschelte neben uns, er muss wohl genickt haben. „Ja, das wollte ich in meinem Bericht nicht verschweigen", sagte er. „Wir kamen uns näher. Aber mehr war da nicht. Hat niemanden daran gehindert, am nächsten Morgen wieder nach drüben zu schießen."

Ich versuchte, ihn zu einer weiteren Reaktion zu verleiten, indem ich *„sex sells"* murmelte, aber das funktionierte nicht. Dann sprach ich das Erasmus-Programm der Europäischen Kommission an, was ihm nichts sagte, und den deutschen Massentourismus in die westeuropäischen Hotspots wie Mallorca oder Amsterdam. Aber auch davon wollte er nichts hören. Im Krieg, meinte er, sei das alles wie weggewischt, seien keine Differenzierungen mehr erkennbar. Alles werde schwarz-weiß, Leben oder Tod, sie oder wir.

„Bleiben Sie nicht zu sehr der Kriegslogik verhaftet? Alles binär? Eins oder Null?", fragte ich. Worauf er zurückfragte: „Und was passiert gerade in Europa?"

Ich wechselte das Thema, um das Gespräch wieder auf seine Person zurückzubringen. Wie er den weltweiten Erfolg seines Buches und den kürzlichen Triumph dessen dritter Verfilmung empfinde, fragte ich. Das zeige eben, sagte er nach einigem Nachdenken, wie universell er seine Erfahrungen im Schützengraben beschrieben habe. Erst in der Katastrophe kämen sich die Europäer paradoxerweise näher. Vielleicht brauche man Katastrophen, um Europa voranzubringen. Er wolle sich nicht für den Krieg aussprechen, alles, nur das nicht, das habe er wohl reichlich bewiesen. Aber das nationale Eigeninteresse sei nach wie vor groß, häufig zu groß, wenn er die Zeichen der Zeit richtig deute. Vielleicht, zitierte er aus dem Gedächtnis, sei alles gelogen und belanglos, wenn die Kultur von Jahrtausenden nicht einmal verhindern konnte, dass diese Ströme von Blut vergossen wurden.

Das Gespräch wurde jetzt ernst, zu ernst für meinen Geschmack. Deshalb fragte ich ihn schnell, ob man nicht auch durch gastronomische Erfahrungen, durch die Begegnung mit fremder Küche etwas über die Nachbarn lernen könne. Immerhin habe er in seinem Text mehrfach das angelsächsische *Corned beef* lobend erwähnt. Da könne man doch auch in Friedenszeiten ansetzen?

Unsinn, fuhr er mich an, das habe mit gegenseitigem Verständnis überhaupt nichts zu tun. Und wörtlich sagte er in die Stille der Sakristei hinein: „Ein Irrweg. Für uns war das damals lediglich Beute, ohne tiefere Bedeutung. So wie ihr manchmal Wodka trinkt. Dadurch versteht ihr die Russen auch nicht besser."

Der Fotograf und ich lachten betreten. Wir fühlten uns ein wenig ertappt.

Paul Bäumer war Jahrgang 1898. Ob er sich in der modernen Welt auskenne, wollte ich deshalb von ihm wissen.

„Ich verfolge die Entwicklung meiner Heimatstadt, so gut es geht. Hat große Töchter und Söhne hervorgebracht — Künstler, Gelehrte, einen Bundeskanzler, den Verteidigungsminister." Ihm war Genugtuung anzumerken, als er einige Namen nannte und sich über deren Verdienste ausließ. Auch die schwierige Politik hier in Belgien beobachte er mit Interesse. „Und natürlich das Kriegsgeschehen," fuhr er fort, „wie deprimierend. Als hätte es die Vergangenheit nie gegeben."

Auf die Nachfrage nach den Erfolgen seines Fußballclubs, die ich auf meinem Merkzettel notiert hatte, verzichtete ich.

Dann trat ein Mönch leise in die Sakristei. Der Fotograf und ich drehten uns zu ihm um, als er uns höflich darauf hinwies, dass die vereinbarte Zeit vorbei sei. Er bitte uns zu gehen, Herr Bäumer brauche seine Ruhe.

Ja, wollte ich noch sagen und mich bei unserem Gesprächspartner bedanken. Aber der war schon nicht mehr da. Wir hatten ihn nicht fortgehen sehen oder hören.

Wir verließen die feuchten Räume des Klosters und traten in die Sonne. Ich fragte den Fotografen nach den Bildern.

„Nichts," sagte er, „auf den Fotos ist nichts. Als wenn niemand dagewesen wäre."

Ein Kessel Pommes

Für Langweiler: Pommes rot-weiß

Für Schalke-04-Fans: Pommes blau-weiß

Für Bayern: Pommes weiß-blau

Für Optimisten: Pommes rosarot

Für Pessimisten: Pommes grottenschwarz

Für Politikinteressierte: Pommes ampel

Für Cineasten: Pommes schwarz-weiß

Für Reichsbürger: Pommes schwarz-weiß-rot

Für Demokraten: Pommes schwarz-rot-gold

Für Freunde des deutschen Liedguts: Pommes schwarz-braun

Für Liebhaber: Pommes rot-schwarz spitze

Für Unfaire: Pommes gelb-rot

Für die französische Fußballnationalmannschaft: Pommes blö

Für Putin-Kritiker: Pommes blau-gelb

Für Magenunempfindliche: Pommes grünlich

Für Thomas-Mann-Leser: auch Pommes grünlich

Für Gourmands: Pommes mit allem

Für Asketen: Pommes ohne alles

Für Farbenblinde: Pommes rot-grün

Für Modebewusste 2023: Pommes pink

Für Modebewusste 2021: Pommes schlamm

Für Kleriker: Pommes purpur

Für Önologen: Pommes bordeauxrot

Für Kannibalen: Pommes blutrot

Für alle anderen empfehlen wir heute: Bratkartoffeln.

Sudmanns Syndrom

Als Uwe Sudmann, männlich, Jahrgang 1962, in die Praxis kam, war alles wie sonst. Der Patient erschien pünktlich, die Kasse würde zahlen, der Mann machte einen friedfertigen Eindruck. Der Arzt schmiegte sich zufrieden in seinen Sessel und heftete ein neues Blatt auf sein Klemmbrett.

„Erzählen Sie", forderte er den Besucher auf.

„Wo soll ich anfangen", begann Sudmann und sagte damit genau das, was neue Patienten immer sagen. „Mir geht es eigentlich, ich kann das nicht anders formulieren."

Der Arzt unterdrückte ein Gähnen. Soweit alles wie gewohnt, so hatten schon viele Gespräche begonnen. Erst mehrere Sitzungen später würden vielleicht die psychologisch interessanten Einzelheiten ans Licht kommen, die manchmal sogar Ausgangspunkt für spannende Diagnosen wurden. Von den anschließenden Therapien ganz zu schweigen. Manche seiner Patienten hatten den Arzt überraschenderweise an die Grenzen seines Könnens geführt, entweder weil sein Können nicht ausreichte oder weil die Menschen nicht geheilt werden wollten. Sudmanns Fall schien zu keiner dieser Kategorien zu gehören.

„Herr Sudmann – darf ich Sie Uwe nennen? – weshalb sind Sie gekommen?" formulierte er lehrbuchmäßig eine erste Einladung an den ruhig vor ihm sitzenden Mann.

„Ich fühle mich unverstanden", sagte Sudmann nach einigem Zögern, „häufig schauen mich die Menschen so an." Sein Gesicht nahm einen traurigen Ausdruck an, und der Arzt dachte schon, gleich würde der Patient zu weinen beginnen. Für einen Psychotherapeuten ist es aufschlussreich, wenn sein Besucher weint. Tränen lockern die Atmosphäre. Der Doktor wartete deshalb ab. Nach einer Minute sagte Sudmann:

„Als wenn sie auf etwas. Und dann weiß ich nicht, was ich soll. Ich möchte den Menschen doch gefallen, ich will ihnen doch etwas, und nicht dastehen wie."

Dem Arzt kamen erste Gedanken und er notierte sich etwas auf seinem Klemmbrett. Bisher konnte er wohl schwere Psychosen ausschließen, der Patient machte einen leidenden, aber keinen suizidgefährdeten Eindruck. Das war natürlich nur eine vorläufige Diagnose. Vielleicht etwas im Bereich der Neurosen? Möglicherweise ein Hauch von Autismus, das wäre noch gesondert zu explorieren. „Gestörte Kommunikation", schrieb er auf das Blatt, das noch ziemlich leer war. In eine neue Zeile schrieb er: „Kein Vorname".

Weil das Gespräch stockte, stellte der Arzt routinemäßig die zweite Frage: „In welchen Situationen haben Sie dieses Gefühl?"

Sudmann überlegte lange und begann dann, einschlägige Begegnungen mit Kollegen oder im Familienkreis zu schildern. Der Therapeut bereute, letzten Abend nicht früher ins Bett gegangen zu sein, denn die Müdigkeit drohte ihn jetzt zu übermannen. Der Patient vor ihm war leider keine große Hilfe, denn er berichtete von Episoden, die selbst bei allergrößtem Wohlwollen für keinen Psychotherapeuten der Welt etwas Außergewöhnliches an sich hatten. Alltag kann so langweilig sein, dachte der Arzt, und schrieb: „Arbeit. Familie. Begegnungen OB" – ohne Befund.

Erst als Sudmann auf seine Versuche zu sprechen kam, eine Frau kennenzulernen, hörte sein Gegenüber aufmerksamer hin. „Regina war, das muss ich sagen. Eine sympathische. Ohne Frage. Hinterher habe ich noch gedacht: wieso hat es nicht, waren die Rosen vielleicht zu, oder mochte sie das Restaurant."

Aha, dachte der Arzt, vielleicht liegt hier die Wurzel der Probleme: Misogynie. „Narzisstische Persönlichkeitsstörung" notierte er schnell auf sein Blatt und machte dann doch ein Fragezeichen dahinter. Innerlich ratterte er die Stichworte herunter: Grandiositäts-Empfinden, Selbstüberschätzung, mangelnde Empathie, Egozentrik. Damit könnte man etwas anfangen. Für heute reichte es. Die fünfundvierzig Minuten waren um. Man verabredete sich für eine weitere Sitzung.

Sudmann kam von nun an einmal in der Woche. Auf die zweite Sitzung (erkenntnisarm) folgte eine dritte (für den Psychotherapeuten: vertane Zeit) und eine vierte, an deren Ende der Arzt fragte:

„Herr Sudmann, wir müssen uns jetzt entscheiden, wie wir weitermachen wollen. Ich habe das Gefühl, dass wir noch Stoff für viele Gespräche haben. Aber das müssen Sie auch wollen."

Sudmann überlegte und sagte dann: „Herr Doktor, mir geht es. Ich will weitermachen, da ist so viel zu."

Ja, dachte der Arzt, im Hintergrund sicherlich niedriges Selbstwertgefühl, Kritikempfindlichkeit, Versagensängste. Er machte sich Notizen. Dann kam man überein, die Therapie fortzusetzen.

Auf dem Jahreskongress seines Berufsverbandes hielt der Psychotherapeut einige Wochen später einen Vortrag. Sein Patient kam darin vor, einfach weil er ein Fall wie aus dem Lehrbuch über Narzissmus zu sein schien, auch wenn noch nicht alles geklärt war. Mit Blick auf seine PowerPoint-Präsentation sagte der Arzt: „Und echte Krisen wie eine Trennung vom Partner oder berufliche Misserfolge stellen sich häufig und können Therapiegründe." Am Ende des Vortrags gab es verhaltenen Beifall.

Im Kongressprogramm stand: „Sudmanns Syndrom".

Der Patient kam getreulich jede Woche in die Praxis. In seltenen Fällen begrüßte er den Therapeuten mit einem herzlichen „Ich freu mich, wieder da zu", manchmal mit einem betrübten „Ach wissen Sie, Herr Doktor, ich sehe kaum, und Silvia hat mich auch." Häufiger aber sagte er allerdings gar nichts, und der Arzt musste ihn erst mehrmals ermuntern, überhaupt den Mund aufzumachen.

Was war mit Sudmann los, fragte sich der Arzt gelegentlich auch nach Feierabend, warum komme ich nicht an sein Krankheitsbild heran? Liegt eine dissoziative Störung vor? Wie groß ist Sudmanns Leiden? Was hätte Freud gesagt, was Fromm? Was Jung, was Künkel? In den Therapiesitzungen war man doch mittlerweile bei der Kindheit der Eltern angelangt, und noch immer war es nicht gelungen, die Ursachen für Sudmanns tiefes Unbehagen an seinem Leben freizulegen.

Nach etwa einem Jahr schien sich die Lage des Patienten zu verbessern. Dann sagte er zum Beispiel lächelnd, dass er gut geschlafen habe. „Und es macht auch Spaß, unter Leute zu kommen und mit ihnen zu plaudern." Der Arzt hörte das gern, und er gab Sudmann ein aufmunterndes „Das ist ja. Auf diesem Weg sollten Sie!" zurück. Worauf der Patient antwortete:

„Herr Doktor, ich freue mich so, dass Sie sich freuen. Das gibt mir richtig Auftrieb. Vielleicht können wir die Therapie doch bald beenden? Die Kasse hat sich schon gemeldet. Und Regina kommt wahrscheinlich auch zu mir zurück."

Auf einer Fachkonferenz zu narzisstischen Krankheitsbildern hielt der Arzt kurz darauf einen weiteren Vortrag, auch diesmal unter dem Titel „Sudmanns Syndrom", allerdings jetzt eher als Erfolgsgeschichte. „Entgegen meinen haben wir enorme Fortschritte gemacht", sagte er am Schluss seines Berichts zu seinen im Ballsaal eines Fünfsternehotels versammelten Kolleginnen und Kollegen, „und der Patient kann die Therapie schon als geheilt."

Der Beifall war diesmal noch verhaltener als beim letzten Kongress.

Wenige Tage später begrüßte der Arzt eine neue Patientin, Brigitte Kramer. Als freundliche Begrüßung sagte er zu ihr: „Erzählen!" und klemmte ein Blatt auf sein Brett. Sie erwiderte nach einigem Zögern, dass es ihr eigentlich nicht so gut gehe, sie könne das nicht anders sagen.

Der Arzt sah sie freundlich an und sagte: „Frau Kramer – oder darf ich Sie nennen? – weshalb sind?"

Der Buntspecht

In seiner Erinnerung muss er vier Jahre alt gewesen sein, als er den Vogel zum ersten Mal wahrnahm. Die Großmutter hatte mit etwas zittrigen Fingern in den Garten hinaus gezeigt und ihn auf das Klopfen aufmerksam gemacht: „Der Buntspecht ist da, hörst du?" Damals konnte er den Specht wegen des dichten Laubes nur hören, nicht sehen. Die Großmutter meinte, der Vogel klammere sich immer nur an die von den Menschen abgewandte Seite der Bäume, um ungestört zu bleiben. Diese Erklärung leuchtete dem Vierjährigen durchaus ein, denn er selbst fand Versteckspielen auch supercool.

In der Schule, als der „Lebensraum Wald" besprochen wurde, sah er zum ersten Mal eine Abbildung des Buntspechts. Auf dem Foto war dessen Gefieder sehr schwarz mit großen, blendend weißen Flecken. Die graue Unterseite des Vogels schien ihm eher uninteressant. Unter den Flügeln, da wurde es spannend, denn da leuchteten rote Federn. Er fand, dass der Buntspecht seinen Namen zu Recht trug, und er wünschte sich, er könne den lebendigen Vogel einmal aus der Nähe beobachten.

Von da an achtete er, wenn er in seinem Zimmer Schularbeiten machte, mit größerer Aufmerksamkeit auf Zeichen und Geräusche, die vom Garten her zu ihm drangen. Manchmal musste er wochenlang warten, bis er wieder das typische Trommeln hörte; dann wiederum vernahm er das Klopfen an mehreren Tagen hintereinander. Die Großmutter, deren Finger jetzt immer heftiger zitterten, wenn sie nach draußen zeigte, bestätigte ihm gern, dass der Buntspecht sich wohl wieder eingefunden hatte. Nur sehen konnte er ihn nie.

Dann kam eine Zeit ohne Specht. Viele Monate vergingen, ohne dass es irgendeinen Hinweis auf die Anwesenheit des seltenen Gastes gab.

Um Ostern herum geschahen plötzlich zwei Dinge gleichzeitig. Zum einen hörte er schon am Morgen das lange herbeigesehnte Klopfzeichen aus dem Garten; und am selben Tag starb die geliebte Großmutter. Konnte das ein Zufall sein? Über diese Frage musste er lange grübeln. Die Eltern bemühten sich nach Kräften, ihm den Tod zu erklären. Mit dem Erscheinen des Vogels habe das aber nichts zu tun, gaben sie ihm unzweideutig zu verstehen; so dürfe man gar nicht denken.

Die Erklärung genügte ihm. Bis ein Jahr später das mit dem Gewitter passierte.

In der Schule hatte er schon viel über Umweltverschmutzung und Klimawandel gehört. Deshalb wusste er, dass es objektive Gründe dafür gab, dass es im Garten seiner Eltern ruhiger wurde: die Vögel wurden einfach immer weniger.

Der Specht hatte schon lange nichts mehr von sich hören lassen, als eines Tages wieder das vertraute Klopfen erklang. Am selben Abend schlug auf dem Nachbargrundstück der Blitz ein und spaltete die große Eiche in der Mitte. Draußen vor dem Dorf brannte sogar eine Scheune ab, wie er am nächsten Tag erfuhr. Jetzt hatte er den Beweis, dass ein Buntspecht nichts Gutes bedeutete. Er begann, sich vor dem Vogel zu ängstigen.

In der spechtlosen Zeit nahm das Gefühl der Furcht regelmäßig wieder ab; ein Zehn- oder Zwölfjähriger hat natürlich andere Interessen und denkt über andere Dinge nach als über einen 25 cm großen Vogel. Zwar konnte man dann und wann den Specht wieder hören, und das Herz des Jungen begann jedes Mal heftig zu klopfen. Aber als weiter nichts Aufregendes passierte, beruhigte er sich schnell und dachte über andere Sachen nach: Fußball vor allem, Pokémon, und ein neues Smartphone. Und dass er endlich das größere Zimmer seiner älteren Schwester brauchte, um all seine Sachen unterbringen zu können.

Mit fünfzehn — der Umzug in das größere Zimmer lag längst hinter ihm — fiel ihm mit einem Mal Fanny aus dem Haus Nr. 12 auf. Fanny ging in das gleiche Gymnasium wie er. Bisher war ihm das vollkommen egal gewesen. Aber jetzt musste er viel über sie nachdenken und sich Szenarios ausmalen, mit welchen Tricks er in ihre Nähe kommen könnte.

Und da hörte er nach langer Pause den Specht von neuem. Am selben Nachmittag tauschte er mit Fanny den ersten Kuss.

Er hatte sich innerlich an diesem Abend durchaus auf Schlimmes vorbereitet, aber nichts passierte. Er geriet vorübergehend ins Grübeln, denn an die Furcht, die er vor der spechtlosen Zeit manchmal empfunden hatte, konnte er sich noch lebhaft erinnern. Hatte er sich getäuscht? Was bedeutete der Vogel wirklich?

Einige Morgen später konnte man den Buntspecht wieder hören. Am Nachmittag tauschten Fanny und er auf dem Rückweg vom Gymnasium, als niemand sie sah, den zweiten Kuss.

Und abermals passierte nichts Beängstigendes, wenn man von dem Kuss einmal absieht; aber der war irgendwie auch sehr schön. Der Specht dagegen konnte ihm gestohlen bleiben, den konnte er getrost vergessen. Der bunt Gefiederte rockt gar nichts mehr, dachte er.

Kurz vor dem Abitur traf er Leonie zum ersten Mal, und es war eine Erleuchtung. Sein Leben sollte von nun an eine neue Richtung einschlagen, das spürte er ganz deutlich. Merkwürdig, dass er am gleichen Tag wieder das vertraute Tack-Tack-Tack hörte, nachdem es vorher im Garten viele Wochen lang still geblieben war. Schau mal an Digga, sagte er sich, ist ja irgendwie krass. Weiß nicht, ob das ein Zeichen ist.

Die Sache mit Leonie lief nach dem Abitur noch eine Weile, aber dann dem Ende entgegen, denn sie studierte hier und er dort, hunderte Kilometer auseinander. Wie es halt so geht.

In seiner neuen Stadt fand er wider Erwarten schnell eine gute Bleibe, halb im Grünen, aber doch stadtnah. Die Wohngemeinschaft erwies sich als zivilisiert und höflich, alle räumten hinter sich auf und im Kühlschrank lagen nie Pizzareste. Er konnte sich ohne Stress und Frust auf sein Studium konzentrieren — eine andere Liga im Vergleich zur Schulzeit. Die Tage waren voll, die Abende lang, denn die hiesige Universität hatte einen hervorragenden Ruf als Zentrum einer riesigen Kneipenszene. *Yolo. You only live once.*

Mila traf er das erste Mal in einem Seminar, das zweite Mal beim Darts. Es war mit ihr von Anfang an wunderbar, wie prädestiniert, doppelt prädestiniert sogar, denn Mila hatte sich erst kürzlich von ganz weither an diese Universität eingeschrieben. Jedenfalls hing für beide der Himmel voller Geigen. Die Nächte in den Kneipen wurden seltener.

Und was soll man sagen — in der Grünanlage vor seiner Wohngemeinschaft, in der Mila jetzt ein und aus ging, hörte man praktisch jeden Morgen das *tack-tack-tack* eines Buntspechts. Sogar ein sehr schnelles *tackety-tackety-tackety-tack*, 15 Schläge vielleicht in nicht einmal zwei Sekunden. Balzzeit eben auch für Spechte.

Emil ist unterwegs

Es würde schwer werden, ihm das zu verzeihen. Je länger sie darüber nachdachte, desto weniger verzeihlich erschien es ihr. Eine solche Brüskierung konnte sich keine Frau gefallen lassen. Vor allem nicht nach so vielen Wochen, wo zwischen ihnen beiden doch alles gut zu gehen schien.

Sie lehnte sich in die Kissen zurück und ließ das Handy neben sich auf das Sofa fallen. Sie fühlte üble Gedanken in sich aufsteigen. War alles ihre Schuld? Hatte sie sich nicht bereitwillig genug auf seine Spielchen eingelassen, die ihr im Nachhinein plötzlich irgendwie merkwürdig vorkamen? Oder war Viktor wirklich so oberflächlich, so feige, so krass daneben, dass er mit ihr monatelang eine Beziehung aufrechterhalten konnte, ohne ihr die Wahrheit zu gestehen? Nämlich dass er eigentlich schwul war, oder zumindest nichts dagegen hatte, seine Nächte mit Männern statt mit einer Frau zu verbringen?

Sie hatte es nicht kommen sehen. Zwei Monate lang hatte sie sich eingeredet, dass es mit Viktor endlich klappen könnte. Sie waren miteinander ausgegangen, sie hatten sich „romantische Wochenenden" – wie ihre Mutter es genannt hätte – in München und Prag gegönnt. Viktor hatte von seinem Job erzählt, irgendetwas mit Marketing, was sie eigentlich ziemlich banal fand. Sie hatte ihm im Gegenzug aus dem Funkhaus erzählt, von den Regisseuren und Kameraassistenten, die immer versuchten, mit ihr zu flirten. Viktor hatte zugehört, hatte beflissen genickt und ihr das Gefühl gegeben, dass er sie verstünde. Manchmal hatte er sogar angedeutet, oder redete sie sich das nur ein, dass er ihr helfen könne, Stabilität in ihre Beziehungen zu bringen, auch „als Mann". Was ihr jetzt als Hohn vorkam.

„Als Mann" – welcher Schwachsinn. Nie hatte er den Mut gefunden, von Männergeschichten zu sprechen, nie hatte er einen Namen genannt, schon gar nicht den Namen Emil. Vielleicht waren ihm die vier Buchstaben zu blöd, zu vorgestrig vorgekommen. Er hatte wohl befürchtet, sie würde über ihn lachen. Aber in einer solchen Situation hätte sie wahrscheinlich eher betreten geschaut. Oder ihm eine Ohrfeige gegeben. Wahrscheinlich beides.

Diese Nachricht in der Telefon-App hatte alles kaputtgemacht. Ihr die Wahrheit persönlich zu sagen, nicht mal dazu hatte er den Mut gefunden. So ein Waschlappen. So ein schwuler Feigling.

Sie ging in die Küche und schenkte sich Wein ein. Sie brauchte jetzt etwas zur Beruhigung ihrer Nerven.

Warum musste es immer sie treffen. Warum waren Frauen in einer Beziehung immer die Zurückgelassenen, immer die Opfer? Dabei wollte sie sich nie als Opfer sehen. Eher als stark, als unabhängig und ebenbürtig. Das mit dem „endlich klappen" müsste sie sich auf jeden Fall noch einmal reiflich überlegen. „Endlich" hatte ja sowieso einen Doppelsinn.

Viktor, dieser feige Arsch. Der Gedanke trieb ihr Tränen in die Augen. Sie versuchte, sich zu kontrollieren. Selbstmitleid, das wusste sie von früher, ist der Tod jeder Beziehung. Wer will sich schon mit einem Häuflein

Elend abgeben. Sie schniefte und suchte nach einem Taschentuch.

Dann, wie um den Schmerz zu genießen, nahm sie das Handy vom Sofa und las noch einmal die letzte Zeile der Nachricht, die sie so aus der Fassung gebracht hatte: *Emil ist unterwegs.*

Ja, in Dreiteufelsnamen, dann mach es doch mit Emil, du alter Sack. Sofort ploppten Bilder in ihren Kopf auf, was jetzt, in diesen Minuten, zwischen beiden Männern passieren würde.

Sie begann, unruhig zwischen Küche und Sofa hin und her zu tigern.

Unwillkürlich musste sie an Prag denken. Der Blick aus dem Hotelfenster auf die Burg hatte sie damals beide verzaubert. Sie waren sich in die Arme gefallen und hatten gemeinsame Pläne gemacht. Und wenn sie sich noch korrekt erinnerte, hatte Viktor sogar von Liebe gesprochen. Was aber nach einer durchliebten Nacht vielleicht nicht so überraschend war. In den Tagen danach hatte sie häufig an diese Momente zurückgedacht und sich ausgemalt, wie beglückend, wie interessant das Leben an der Seite dieses erfolgreichen Mannes werden würde.

So ein Schmarrn. Jungmädchenträume, die man am besten gleich vergaß. Ihr kamen Tränen und sie musste sich setzen. Wie kann man nur so blöd sein, auf Männer hereinzufallen.

Jetzt kamen die Vorwürfe. Sie hätte es besser wissen können, wenn sie mehr auf die kleinen Zeichen geachtet hätte. Viktors grenzenlose Bewunderung für Raffael, nachdem sie in München die Ausstellung besucht hatten. Viktors Schwärmerei für Jim Morrison, als sie in Prag im Bett lagen. Die Karl-Lagerfeld-Fotografien in seiner Wohnung.

Sie war schon früher mehrmals abrupt verlassen worden, wenn auch aus ganz anderen Gründen. Meist war eine andere Frau im Spiel gewesen, das hatte sie schnell herausgefunden. Manchmal hatte sie die Konkurrentin sogar gekannt, was die Wut und Trauer noch vergrößerte. Einmal hatte es sich um ihre beste Freundin gehandelt. Wochen waren verstrichen, bevor sie sich davon erholt hatte und wieder bereit war, unter Menschen zu gehen.

Aber noch nie war sie wegen eines anderen Mannes sitzen gelassen worden, wegen eines… „Emil". Der bescheuerte Name würde sich für immer in ihr Hirn brennen, als Kurzwort für eine total verkorkste Beziehung, eine Katastrophe.

Emil ist unterwegs. Es war nicht zu fassen.

Was bedeutete das für ihre Zukunft? Auf jeden Fall musste sie bei Männern viel vorsichtiger sein und nicht auf jeden einigermaßen unterhaltsamen Flirt hereinfallen. Zweitens… aber spontan fiel ihr nichts ein, was sie außerdem aus dieser Episode lernen könnte. Kommt schon noch, dachte sie, der Schmerz ist zu frisch.

Im Moment würde es vielleicht helfen, eine Gegenattacke zu starten. Ja, das würde sie erleichtern. Sie nahm wieder das Handy in die Hand und scrollte zu der Nachricht, die ihr Leben auf den Kopf gestellt hatte. Da stand: *ich muss dir etwas wichtiges beichten, etwas*

ganz wichtiges. es geht um uns beide. zu lang für eine
message. Emil ist unterwegs.

Keine Anrede, und das einzige Wort, für das er einen
Großbuchstaben spendiert hatte, war der Name seines
neuen Lovers. Typisch Viktor. Feiger Spinner. Hat schon
längst andere Prioritäten im Kopf — oder wo auch immer man so etwas hat.

Wie sollte sie es formulieren? Sie versuchte es mit
mach doch, was du willst, ich bin draußen. Aber das war
noch nicht scharf genug und sie löschte den Satz. Stattdessen schrieb sie *wie krank ist das denn,* und wusste
dann nicht weiter. Der nächste Versuch lautete *mach
deinen scheiß allein*, aber das kam ihr beim Durchlesen
denn doch zu simpel vor, weil sie trotz aller Kürze auch
Verachtung ausdrücken wollte. Also probierte sie es mit
*Kannste mir mal sagen, warum du so ein feiger Hund
bist?* Die Autokorrektur der App machte zwar aus
kannste gleich ein *kannst*, aber sonst fand sie den Satz
eigentlich ganz gelungen. Lange blickte sie auf das Display, bis dessen Licht erlosch.

Nach dem erneuten Drücken der Ein-Taste fand sie allerdings, dass noch etwas fehlte: eine Drohung. Ein ein-
schüchterndes Wort, damit er begriff, dass er mit
Frauen so nicht umspringen könne. Also tippte sie *Für
einen Macho bist du furchtbar feige. Ich lass das nicht
auf mir sitzen, für meine kleine Kampagne ist Twitter ja
ideal. Den mit dem bescheuerten Namen kannst du dir
sonst wo hinstecken, das geht mir hinten vorbei. Deine
letzte E-Mail und alle davor lösche ich jetzt.*

Zufrieden setzte sie sich kerzengerade auf, sie fühlte
sich befreit. Die nächsten Sekunden würde sie richtig

auskosten, bis zu dem Moment, wo sie auf die Senden-Taste drücken würde.

Dann fiel ihr Blick wieder auf das Display.

Statt *E-Mail* stand in der Eingabezeile jetzt *Emil*.

Sie lachte laut auf. Ihre Finger wollten schon das ursprüngliche *E-Mail* wieder eintippen und auf *Senden* drücken. Aber dann setzte ihr Herz für ein paar Schläge aus. Ihr wurde schlecht.

Der Herbst ist immer
unsere beste Zeit

Goethe habe ich in der Schule nie gehabt. Es war ja schon Krieg und dann musste ich an die Front. Deshalb fand ich heute Morgen den „Gedanken zum Tag" in meinem Blatt so interessant. Da stand, dass der Dichterfürst der Meinung war, der Frühling sei schwierig, weil das Barometer immer so verrücktspielt. Demgegenüber sei der „Herbst immer unsere beste Zeit", da könne man die „reine Existenz in freier Luft" erleben.

Oder die freie Existenz in reiner Luft, den genauen Wortlaut erinnere ich schon nicht mehr. Überhaupt kann ich mich an vieles nicht mehr erinnern.

Jedenfalls musste ich an mein ganzes Leben denken, als ich das las.

Meine Frau habe ich vor vielen Jahren begraben, und ich kann mir heute weder ihre Stimme noch ihren Gesichtsausdruck, weder ihre genaue Haarfarbe noch ihr Lächeln ins Gedächtnis zurückrufen. Ich leide nicht darunter. An die Einsamkeit habe ich mich gewöhnt. In meinem Alter leben viele allein, nur mit dem Fernseher und vielleicht gelegentlich den Nachbarn oder dem Arzt als Gesprächspartner. Wenn es an der Haustür klingelt, was selten vorkommt, schrecke ich regelmäßig zusammen. Bevor ich mich aus dem Sessel erheben und zum Türspion schleichen kann, ist der Besucher manchmal schon wieder weg. Nur die Zeugen Jehovas sind hartnäckig und betätigen die Glocke gern zwei- oder dreimal. Die Paketboten sind dagegen längst weitergezogen und haben ihr Päckchen, das sowieso nicht an mich adressiert war, woanders abgelegt. Das gab es früher nicht, glaube ich, dass man sich so viele Sachen nach Hause liefern ließ. Oder höchstens, wenn man vielleicht Generaldirektor oder Konsul war und seine Dienstboten zum Kolonialwarenladen schicken konnte, um eine Bestellung für das Souper zu Ehren der Gattin am nächsten Wochenende aufzugeben.

Ich habe das nie gemacht. Und ich werde in meinem Alter auch nicht mehr die Bedienung dieser neuen Maschinen lernen, mit denen man sich haufenweise Pakete bis vor die Wohnungstür schicken lassen kann.

Meine Enkel haben vor Jahren vorsichtig versucht, mich mit den modernen Apparaturen vertraut zu machen, das ja. Wir haben es nach einigen Versuchen aufgegeben. Diese Welt war nichts für mich. Zu winzige Tasten, zu kleine Buchstaben auf dem Bildschirm, immer ging irgendwo ein neues Fensterchen auf, selbst wenn man gar keinen Schalter betätigt hatte. Auch blieb mir der Sinn des Ganzen immer verborgen. Auf der einen Seite drängt jeder Arzt zu Bewegung an frischer Luft, und dann soll man stattdessen stundenlang am Tisch hocken und nur die Augen anstrengen?

Die Wochen, als Gottfried langsam starb — jetzt muss ich einen Moment nachdenken, in welchem Jahr es genau war —, empfand ich damals, und empfinde ich heute, als einen einzigen Schicksalsschlag. Kein Kind sollte vor den Eltern sterben, das hatte ich selbst immer gepredigt. Er hat sich nicht daran gehalten, der Junge. Ich habe ihm daraus nie einen Vorwurf gemacht, so bin ich nicht. Aber es war doch ungerecht. Selbst wenn ich mich an die genauen Umstände nicht mehr erinnern kann, spüre ich doch manchmal, besonders nach bestimmten Fernsehprogrammen, noch heute den Schmerz über seinen Tod.

Überhaupt kann ich mit Schmerz nicht gut umgehen. Dazu bin ich vielleicht zu alt. Ich brauche das nicht mehr. In meinem Leben hat es davon schon zu viel gegeben. Körperliches Leiden, vor allem damals im Krieg, als mich der Granatsplitter am Bein traf und ich deshalb mit meinen 17 Jahren nicht mehr zurück an die Front musste. Ich merke den Splitter bei manchen Wetterlagen noch heute. Kann man dagegen etwas tun? Ich müsste einmal meinen Arzt fragen. Vielleicht habe ich das schon getan. Er wird es besser wissen als ich.

Und seelischen Schmerz natürlich noch viel mehr. Ich weiß gar nicht, wo ich mit der Aufzählung anfangen soll. Am schlimmsten war nicht einmal Gottfrieds Tod. Sondern damals der Bruch mit unserer Tochter. Das war so schlimm, dass ich geschworen habe, ihren Namen in diesen Räumen nie mehr auszusprechen. Schluss. Fertig. Die Frau ist es nicht wert, dass man sich an sie erinnert. Ich weiß nicht mal, ob sie noch im Lande wohnt, oder ob sie nicht doch mit irgendeinem ihrer Liebhaber nach Afrika gegangen ist. Kein Wort mehr dazu.

Am zweitschlimmsten war natürlich die Situation im Büro. Jahrelang habe ich gelitten. Es hieß immer Kalle hier, Kalle da. Immer musste Kalle für die anderen arbeiten und deren Kastanien aus dem Feuer holen. Nicht mal meinen richtigen Namen haben sie benutzt. „Karl-Heinz" war ihnen wohl zu schwierig. Für sie war ich immer nur „Kalle". Als ich in Rente ging, war das natürlich vorbei. Aber es schmerzt immer noch. Man hat nicht einmal das Recht auf seinen eigenen Namen.

Mehr so im Scherz denke ich immer, dass der Abstieg von Rot-Weiß in die Amateurliga das drittschlimmste war, was ich erlebt habe. Der Verein hat sich davon ja auch nie erholt, seit dreißig Jahren nicht. Oder vierzig jetzt.

Deshalb kann ich bestimmt nicht sagen, dass der Herbst des Lebens die beste Zeit wäre. Da hat sich doch vieles angesammelt, was schwer auf einem lastet. Selbst wenn man gar nicht mehr alle Einzelheiten präsent hat. Eine „reine Existenz" erlebt man jedenfalls nicht mehr, wie sie dem Dichter vielleicht vorschwebte. Der Zug ist abgefahren.

Manchmal denke ich, dass ich mich am Leben rächen müsste. Ich müsste mal so richtig draufhauen und allen zeigen, dass man mit mir nicht alles machen kann. Die Kollegen, der Verein, das Fräulein Tochter und vielleicht sogar Gottfried würden dann sehen, was sie alles versäumt haben, was sie falsch gemacht haben und wofür sie sich eigentlich in aller Form bei mir entschuldigen müssten.

Mit meinem kaputten Bein kann ich natürlich keine großen Sprünge machen. So viel Energie habe ich schon lange nicht mehr. In Gedanken spiele ich es aber manchmal durch. Was wäre, wenn. Und dann male ich mir Formen der Rache aus, die die Welt noch nicht gesehen hat. Immer nur bei der Briefwahl protestieren, das reicht nicht.

Ich muss noch ein wenig nachdenken.

Hat Goethe das mit „reiner Existenz" gemeint?

„Reine Luft" wäre ja schon etwas. Wenn ich die Wohnungstür aufmache, zieht gleich der Mief vom Nachbarn herein. Paul Lobewitz ist Kettenraucher, das hat er mir selbst erzählt. Entsprechend riecht es im Treppenhaus. Lobewitz ist irgendwann aus Polen gekommen, als sie endlich reisen konnten. „Herr Lobewitz", habe ich mal zu ihm gesagt, „in Polen kann man vielleicht so mit den Nachbarn umgehen, das weiß ich nicht, ich war nie da. Aber hier doch nicht." Lobewitz hat nur mit den Schultern gezuckt, „alter Tattergreis" gemurmelt und ist die Treppe hinuntermarschiert. Die Hausverwaltung habe ich schon mehrfach informiert, aber nichts passiert. Die kümmern sich gar nicht um einen alten Mann wie mich, die denken wahrscheinlich, dass ich die Wohnung sowieso bald freimachen werde. Aus biologischen Gründen. Da warten die nur drauf.

Jetzt fällt mir noch etwas anderes ein. Im Fernsehen haben sie neulich etwas über Frankreich gezeigt. Da brannten Autos und Läden und fast auch ein ganzes Rathaus. Interessante Bilder. Ich weiß nicht, ob es dort immer so zugeht, in Frankreich war ich auch noch nicht. Aber vom Franzosen kann man lernen, wie man sich für all die Verletzungen rächt, die man im Laufe eines Lebens so erlebt.

Goethe hat ja selbst mit dem Franzosen zu tun gehabt, das fällt mir jetzt ein, das haben sie im Fernsehen mal gesagt. Meine Frau hätte das vielleicht gewusst, aber jetzt kann ich sie schon lange nicht mehr fragen.

Also das muss ich sagen — der Herbst ist nicht die beste Zeit im Leben.

Hand aufs Herz

Er verließ die U-Bahn der N-Linie an der Fifth Avenue und der 59. Straße. Ihm gefiel das frische Grün der Bäume im Central Park, das er über die vier Fahrspuren hinweg in der Morgensonne glitzern sah, sobald er die Station verlassen hatte. Der Geruch, der von den an der Straßenecke wartenden Pferdekutschen herüberwehte, löste immer wieder intensive Erinnerungen in ihm aus. Es muss Jahre her sein, seit er auf einem Pferd geritten war. So viel war seitdem passiert.

Ein blauer Kleinwagen hupte wütend neben ihm, während er auf das Umschalten der Fußgängerampel wartete. Er wusste, dass der Krach nicht für ihn bestimmt war, schon gar nicht als Anerkennung für seine besseren Tage.

Das Sherry Netherland Hotel auf der anderen Seite der Fifth Avenue – so ein angenehmer Ort. Er erinnerte sich an den berühmten Empfang, den das Studio vor vielen Jahren nach der Premiere eines ihrer Filme gegeben hatte. Die Holztäfelungen, die die reich verzierten Korridore schmücken, die schweren Kronleuchter, die Louis-XV-Sofas, die dicken Teppiche in Türkis und Rot, absolut fabelhaft. Das Äußere war viel unattraktiver als das Innere. Er kicherte. Er wünschte, die Leute würden das auch über ihn sagen. In diesem Fall hätte er sie alle ausstechen können.

Er überquerte die Straße und beschleunigte seine Schritte. Sonia wartete. Er darf nicht vergessen, unterwegs ein paar Blumen zu besorgen. Das Gold-Coast-

Viertel hatte jetzt viele kleine Läden, die rund um die Uhr geöffnet waren. Ein oder zwei Blocks weiter würde es bestimmt einen Blumenladen geben.

Die Geschichte über die Festspiele von Cannes in den heutigen Morgenzeitungen ging ihm durch den Kopf, hauptsächlich über Joseph Losey, der gestern Abend sein „Puppenhaus" präsentiert hatte. Er erinnerte sich vage an die Handlung aus seinen Schauspielertagen...seinen richtigen Theatertagen am Broadway. Vielleicht könnte er Sonia vorschlagen, sich den Film einmal anzusehen. Jane Fonda war immer ein Augenschmaus. Sie war gut. Wie ihr Vater, den er vor einigen Jahren in L.A. kennengelernt hatte. Ein ernster Mann.

Der Verkehr, der die 59. Straße hinunterwollte, war dicht und kam oft vollständig zum Erliegen. Der Lärm war ohrenbetäubend, immer wurde irgendwo gebaut. Der Hotdog-Verkäufer an der Ecke hatte Mühe, seine Waren vor den Abgasen und dem über die Straße wehenden Staub zu schützen.

Die Sonne stand hoch am Himmel, es wurde warm. Seine Sonnenbrille hatte er in der Wohnung gelassen, aber was solls. Sonnenbrillen waren etwas für Weicheier. Am Set konnte er selten eine Sonnenbrille tragen, weder in einem Mantel-und-Degen-Film noch in einem Western oder einem Dschungelstreifen. Vielleicht in einem der wenigen Thriller, in denen er mitgespielt hatte, aber er konnte sich nicht genau erinnern, ob das jemals tatsächlich so gewesen war. Vielleicht würde sein Agent Bescheid wissen.

Er bog auf die Fifth Avenue nach Norden ab. An der nächsten Ecke kam der Metropolitan Club in Sicht. Ein italienischer Palazzo mit einem eleganten englischen Eingang. Obwohl er viele Clubs in der Stadt kannte – darunter auch solche, in denen er die Nacht mit Gin Rummy verbringen konnte –, im Metropolitan war er noch nie gewesen. Man munkelte, man müsse zur Finanzelite des Landes gehören, um Zutritt zu erlangen. Die nahen Wohnungen mit Blick auf den Central Park lagen ohnehin über seiner Einkommensklasse.

Warum war überhaupt sein Einkommen geschrumpft, fragte er sich. Er hatte mit fünfhundert Dollar die Woche angefangen. Später in Italien und vor allem in Deutschland in den 1960er Jahren hatten sich die Dinge ganz gut entwickelt. In manchen Jahren hatte er in drei oder vier Filmen mitgespielt, viele davon Kassenschlager. Wunderbare, erfolgreiche Jahre. Viel besser als die TV-Serien, die ihm hin und wieder angeboten wurden, mit zunehmendem Abstand dazwischen. Nebensächliche, irrelevante Rollen. Nicht einmal B-Movie-Zeug. Was hatte ihn aus dem Markt gedrängt? Hatte das Publikum den Geschmack geändert? War er zu alt? Gab es zu viele junge Konkurrenten? War er nicht hip genug?

Als er in die 60. Straße einbog, kam er am Gebäude des Harmony Club vorbei. Reine Renaissance mit korinthischen Terrakottapilastern. Das war alt, fast siebzig Jahre alt, dachte er. Aber immer noch gut anzusehen. Eine komische Sache mit dem Alter. An einem Gebäude bewundert man die Jahre. Bei einem Mann und noch mehr bei einer Frau findet man sie unangenehm.

Sonia war jedoch eine echte Belohnung in seinem Leben. Dreißig Jahre jünger als er. So schön, so voller Leben, so begabt, so...zielstrebig. Immer bereit zu lachen und herumzuspielen. Und ein guter Gastgeber. Ihre Reise nach Kanada war eine einzige Glückserfahrung gewesen. Es war richtig, dass er ihr einen Heiratsantrag gemacht hatte. Er lächelte, als er an die Hollywood-Party dachte, auf der er sie im Jahr zuvor getroffen hatte.

Er darf nicht vergessen, ihr an der nächsten Ecke Blumen zu kaufen.

Nachdem er die Madison Avenue überquert hatte, registrierten seine Augen kaum das Gebäude des Grolier Club auf der rechten Seite, wo eine Reklametafel angebracht war, die eine neue Ausstellung ankündigte. Sonia hatte ihm geholfen, die tiefe Depression nach Isabels Tod vor elf Jahren zu überwinden. Isabel war ganz eindeutig die Frau seines Lebens gewesen, und die Mutter seines zweiten Sohnes, ein wunderbarer Mensch, vielleicht weil sie eine typische Europäerin war. Scharfsinnig. Und eine vielversprechende Schauspielerin. Viel intelligenter und subtiler als die Ehefrauen, die ihn durch die Kriegsjahre und die 1950er Jahre begleitet hatten. Die letzte von ihnen, der allgemein bekannte Filmstar, wie er sie immer nannte, hatte ihn aus dem Haus geworfen – mit vorgehaltener Waffe. Lange war das her. Gott sei Dank.

Er kam an zwei farbenfrohen Hippies vorbei, und für einen Moment kehrten seine Gedanken in die Gegenwart zurück. Gut für sie, dachte er, aber überhaupt nicht mein Stil. Ehrlich gesagt wäre er weder gern als Pirat des 18. Jahrhunderts noch als Cowboy des 19. Jahrhunderts zur Welt gekommen, Rollen, die er oft mit großem Erfolg gespielt hatte. Auch nicht als Einge-

borener, nur mit einem Lendenschurz bekleidet, seine
erste Rolle auf der großen Leinwand, völlig ausgeschlossen. Aber für einen Hippie des 20. Jahrhunderts
war er zu sehr Soldat. Immer wenn er an seine Militär-
jahre und seine Armeekarriere zurückdachte, empfand
er kein Bedauern, nur Respekt. Er hatte auf Sizilien ge-
kämpft und konnte mit Recht behaupten, einen kleinen
Beitrag zum Sieg über die Deutschen geleistet zu haben. Ein Land, das ihn kaum zwanzig Jahre später ver-
ehrte, ihm buchstäblich zu Füßen lag, ihm Auszeichnun-
gen und Medaillen verlieh und dicke Geldbündel über-
reichte. Seltsame Geschichten, die das Leben zu bieten
hat.

Schweiß lief ihm übers Kinn, als er an der Methodist
Christ Church an der Ecke 60. Straße und Lexington Avenue vorbeikam. Die Kirche war offensichtlich so gebaut
worden, dass sie jahrhundertealt wirken sollte – wie die
hastig gemalte Kulisse in einem Low-Budget-Vorkriegs-
film. Er erinnerte sich an einige der schrecklichsten Ma-
ler- und Gipsarbeiten, denen er im Laufe der Jahre be-
gegnet war. Heutzutage ermöglichte die moderne Tech-
nik, alles vor Ort zu filmen, sogar für das Fernsehen.
Fortschritt war gut. Er war vom Fortschritt überzeugt.
Aber gegen diese Hitze sollte man mehr tun, dachte er,
sie begann ihn nun wirklich zu stören. Er fühlte sich unwohl und legte eine Hand aufs Herz. Er brauchte Schat-
ten und einen Drink.

Er erreichte die Lexington Avenue und bog wieder
nach Norden ab. Die hoch im Süden stehende Sonne
machte es schwierig, der Hitze auszuweichen. Also
blieb er kurz in der Tür eines kleinen und schmud-

deligen Imbisses stehen. War das auf der anderen Seite ein Blumenladen? Er hatte noch zwei Blocks vor sich und konnte dann rechts zu Sonias Haus abbiegen, zu einer coolen Wohnung, einem Whisky und zarten Armen.

Aus dem Inneren des Imbisses drang ein undeutliches Geräusch, als ob die Gäste heftig über die neuesten Baseball-Ergebnisse debattierten und sich auf einen Faustkampf vorbereiteten. Etwas, das man auf der Lower East Side erwarten würde, nicht hier im Gold-Coast-Viertel, dachte er. Eine Kneipenschlägerei hatte ihm jedoch noch nie Angst gemacht, nicht zuletzt, weil er so oft an einer mitgewirkt hatte. Er war immer noch in guter Verfassung, er konnte sich immer noch auf seine Muskeln verlassen, sein Körper gehorchte ihm, er war immer noch wachsam und schnell, bereit, sein Mädchen und sich selbst zu verteidigen, wenn es nötig war.

Er wandte sich vom Diner ab. Die Hitze war jetzt drückend. Seltsam für Anfang Mai. Es war keine so schlaue Idee gewesen, diese lange Strecke zu Fuß zurückzulegen. Schwindel ergriff ihn. Vielleicht lag es an den Abgasen, die ihn zunehmend störten. Oder an den Zigaretten von gestern Abend und heute Morgen.

Er stellte sich die Berge Jugoslawiens vor, wo viele seiner Filme gedreht worden waren. Orte, die man wegen ihrer günstigen Produktionskosten ausgewählt hatte, aber nicht nur. Sie waren auch umwerfend schön, und das europäische Publikum würde den Unterschied zu den Rocky Mountains und den Ebenen im Westen der USA sowieso nicht bemerken. Später war die Produktion nach Spanien verlegt worden. Aber Jugoslawien war schon immer sein Lieblingsort gewesen. Saubere Luft, ein nüchternes Land und preiswert. Nette Leute. Und er kam mit seinem fast fließenden Italienisch, Spanisch und Deutsch problemlos zurecht.

Seine Augen suchten den gegenüberliegenden Bürgersteig auf der Suche nach dem Blumenladen ab, von dem er glaubte, ihn hier schon einmal bei einer früheren Gelegenheit gesehen zu haben. Er wischte sich mit seinem Taschentuch über die Stirn. Er reiste immer mit leichtem Gepäck, besonders in der Stadt. Nur ein paar Scheine und etwas Kleingeld, dazu ein Taschentuch. Immer im Vertrauen auf sein Können und seinen Namen und natürlich auf die 24-Stunden-Verfügbarkeit der städtischen Dienstleistungsbranche.

Bald würde er sich setzen müssen. Da, der rote Briefkasten vor der Drogerie – oder war es ein Hydrant? Er hatte fast die Ecke Lexington und 61. Straße erreicht.

Er musste jetzt langsamer gehen. Er würde nicht gern über einen losen Stein im Bürgersteig stolpern, oder? Nicht, wenn er auf dem Weg zu Sonia war.

Seine Gedanken kehrten zuerst zu Cannes und dem neuen Bergman-Film zurück, dann zu dem Artikel in der Times, in dem es hieß, Chicago werde bald das höchste Gebäude der Welt haben. Vielleicht konnte er Sonia überreden, übers Wochenende dorthin zu reisen, sich oben umzusehen, ein paar Fotos zu machen, die sein Agent diskret an ein People-Magazin verkaufen könnte. Jedes bisschen hilft.

Neulich hatte er einen Zeitungsartikel über einen deutschen Schauspieler gesehen, den er kurz an einem Set in Spanien kennengelernt hatte und der ihm äußerst seltsam und gefährlich vorgekommen war. Nicht nur, dass dieser im Film einen abscheulichen Bösewicht spielte, der ständig hinter dem Skalp des Guten her war. Sondern er war auch im wirklichen Leben aggressiv und unvorhersehbar, ein Mann, der zu plötzlichen, unprovozierten Wutausbrüchen neigte. Der Regisseur hatte alle möglichen Probleme mit dem Kerl. Doch offenbar hatte der Bursche keinerlei Probleme damit, einen Filmvertrag nach dem anderen an Land zu ziehen.

Vielleicht, dachte er, war er selbst zu zivilisiert, zu diszipliniert, zu brav für sein eigenes Wohl gewesen. Als er noch mit dem allseits bekannten Filmstar verheiratet war, stand zumindest sein Name in der Presse.

Plötzlich spürte er einen Schmerz. Seine Hand griff an die Brust. Nicht gut, überhaupt nicht gut. Er musste sich hinlegen, sobald er bei Sonia angekommen war.

War das da drüben ein Blumenladen? Seine Sicht verschwamm. Seine Augen konnten nicht richtig fokussieren. Verdammt, dachte er, ich brauche diese Blumen.

Das nächste Gefühl war das einer gewissen Taubheit in seinem Arm. Er konnte die Hand mit dem Taschentuch nicht heben, um den Schweiß abzuwischen, der jetzt sein Gesicht und seinen Hals bedeckte. Die Brustschmerzen verschlimmerten sich schnell. Ihm war kalt und plötzlich wurde ihm klar, dass er nicht länger aufrecht stehen konnte. Der Boden bewegte sich unter seinen Füßen. Er versuchte, sich gegen den Hydranten zu lehnen, aber dieser bot keinen Halt. Er rutschte zu Boden.

Fußgänger waren schnell bei ihm und fragten ihn, ob er Hilfe brauche. Er bemerkte undeutlich, dass er die

Fähigkeit verloren hatte, zu sprechen oder zu nicken oder auf andere Weise zu signalisieren, dass er erledigt war. Er wurde von etwas absolut Finsterem zu Fall gebracht, einer dunklen Macht, dunkler als alles, was er je auf der Leinwand gesehen hatte.

Als wenige Minuten später der Krankenwagen eintraf, versuchten die Sanitäter es mit den üblichen Reanimationstechniken. Dann brachten sie den leblosen Körper in das nahe gelegene Mount Sinai Hospital, wo die Ärzte der Notaufnahme bald feststellten, dass man nichts mehr tun konnte.

Er wurde offiziell für tot erklärt. Das Problem war, dass man in den Taschen seiner Jeans oder in seiner Hemdtasche nichts fand, was dem Körper einen Namen und eine Identität geben konnte. Die paar Dollarscheine, das Kleingeld und das benutzte Taschentuch waren anonym.

Es war eine Krankenschwester aus der Notaufnahme, die genauer auf die Uhr des Mannes schaute. Und dort, eingraviert auf der Rückseite, fanden sie einen Namen.

Ah, sagte jemand über den Lärm hinweg, der ein großes und geschäftiges Krankenhaus kennzeichnet, das ist er? Ich glaube, ich habe mal einen seiner Filme gesehen. Vor Jahren. Vielleicht zeigen sie ihn nochmal im Fernsehen.

Trotzdem

Marres Leben scheint vor allem aus Sorgen zu bestehen. Nichts funktioniert, seit er allein ist. Im Allgemeinen sieht er sich als Ur-Friesen – tapfer, mit einer klaren Vorstellung, wohin die Reise gehen soll. Wenn nichts funktioniert, dann ist das unfriesisch. Deshalb hat er Angst, dass er nicht mehr länger der starke, friesische Marre ist. Dass er allmählich heimatlos wird. Dass ihm das Leben entgleitet.

Vor zwei Wochen hat der Sturm die zwei Kollektoren vom Dach gefegt. Zwölf Jahre hatten sie gehalten, jetzt haben die Halterungen nachgegeben. Oder der Sturm war zu heftig. Klimawandel, okay, aber doch nicht so. Vierzehn Tage ohne richtig warmes Wasser. Und kein Techniker, der schnell vom Festland rüberkommen kann, um das Schlamassel zu richten. Fachkräftemangel auch okay, aber warum trifft das immer ihn. Früher hätte er das selbst repariert.

Marre schaltet Markus Lanz aus und geht ins Schlafzimmer.

Am nächsten Morgen, nach einer kalten Dusche und einem knappen Frühstück, streift er sich die Regenjacke über und geht zum Strand. Er muss jetzt mal ernsthaft über seinen Geburtstag nachdenken, nicht immer über die Kollektoren. Bald wird er siebzig. Wie feiert man am besten, in seinem Alter? Wen muss er einladen, auf wen kann er verzichten? Oder ist die Zeit zum Feiern vorbei?

Oben auf dem Kamm der Dünen hat er mit einem Mal einen Blick auf das Meer, das heute ruhig vor ihm liegt, bis zum Horizont ist keine einzige Schaumkrone zu sehen. Er entspannt sich. Lass mal, sagt er sich, ist noch ein paar Tage hin.

„Moin Marre, alles gut?" Kord kommt ihm mit seinem hässlichen Hund vom Strand entgegen und grüßt Marre mit zwei Fingern an der Kappe.

„Jau, alles gut. Und selbst?"

So geht das jeden Tag. Kord muss ich bestimmt einladen, denkt er, als sie schon lange aneinander vorbei sind. Kord ja, Hund nein. Hunde passen nicht zu mir, und wenn sie hässlich sind, schon gar nicht.

Marre schaut den Möwen nach. Ablandiger Wind, Stärke drei bis vier. Ist den Möwen wahrscheinlich egal. Wäre gutes Wetter, um aufs Dach zu steigen und nachzuschauen, wie groß der Schaden ist. Eigentlich. Aber mit seinem kaputten Bein geht es halt nicht. Er traut sich nicht mal auf die Leiter, um das herabhängende Ende der Gardine wieder in die Schiene zu schieben. Auch so eine Sorge. Aber nicht so groß wie die Kollektoren.

Und das Telefon. Mannomann. Was die sich immer ausdenken. Mit seinen dicken Fingern kann er manche dieser kleinen Fitzelbildchen gar nicht mehr richtig antippen. Seine Augen sind noch gut, aber die Hände waren früher besser. Manchmal geht's daneben. Für manches reicht es noch, aber bei Geldfragen geht er lieber zu Sparkasse.

Jetzt sieht er ein paar Meter weiter ein Kaninchen, dessen Fell sich farblich kaum von der Düne abhebt. Nicht gut für den Küstenschutz, denkt Marre, müsste man beim Wächter melden. Aber der hat nur feste Bürostunden, und sicherlich nicht heute. Warum ist alles so kompliziert geworden, früher ging's doch anders, da ging man einfach zu Anjes und klönte ein bisschen. Und dann ist Anjes hingegangen und hat sich am nächsten Morgen mit seinem Gewehr das Kaninchen geholt.

Marre steigt die Stufen zum Strand hinab und biegt nach einigen Metern vom festgetrampelten Weg direkt unterhalb der Dünen zum Wasser hin ab. Er müht sich durch den Sand, der von der letzten Flut noch dunkel und feucht ist. Er mag das – die Einsamkeit, das Salz in der Luft, den klaren Himmel, das Geschrei der Möwen, das sanfte Geräusch der Brandung, die langsam zurückweicht. Alles erinnert ihn an früher. Das Gehen ist jetzt anstrengend, aber der Arzt hat ihm eingeschärft, jeden Tag sein kaputtes Bein zu bewegen.

Während er nach Norden marschiert, macht ihm der Gedanke an seinen Geburtstag schwer zu schaffen. Was verhagelt ihm die Petersilie, fragt er sich, die Aussicht auf eine Feier ohne Josine? Ihr Tod war ein schwerer Schlag. Marre weiß, dass er sich davon eigentlich nie richtig erholt hat. Er lebt seit Jahren nur noch vor sich hin, ohne feste Orientierung, allein, ohne Sinn und Zweck. Aber er kann es nicht mehr wenden. Schicksal. In seinem Alter ist man ausgeliefert, da nützen die besten Vorsätze nicht mehr.

Er umgeht umständlich die zahlreichen Braunalgen, die letzte Nacht angespült worden sind. Eines Tages werden wir die alle essen müssen, geht es ihm durch den Kopf und er vergisst für einen Moment seinen Geburtstag, die Kollektoren und die Gardine. Gibt ja genug von dem Zeugs. In Japan soll das eine Delikatesse sein. Hat er selbst aber noch nie probiert. Wenn es nach ihm geht, ist es wohl auch eher etwas für Kords hässlichen Hund. Bei dem Gedanken schmunzelt er und merkt dadurch, dass die Luft kälter ist als erwartet, denn er spürt auf einmal die Furchen in seinem Gesicht, in denen sich die Feuchtigkeit gesammelt hat. Bald wird er umdrehen müssen, dann hat er wenigstens die fahle Sonne von vorn.

Sein Geburtstag meldet sich wieder in seinem Kopf. Josine hätte alles organisiert, die Einladungsliste, die Sitzordnung, die Getränke, darin war sie gut, denkt er. Besser als in der Küche. Aber den Kaffee, den hat sie immer pikobello hingekriegt. Jetzt muss er das alles allein wuppen. Die Vorstellung bedrückt ihn.

Er macht ohne besonderen Anlass auf dem Absatz kehrt und genießt für einen Moment den Eindruck, dass ihm wärmer wird und der Wind nicht mehr so beißt, der jetzt von hinten links kommt. Er ist immer noch allein auf dem kilometerlangen Strand, so wie er es gernhat.

Feiern wird er wohl nicht allein. Seine Geschwister haben sich schon angemeldet, da wird ihm etwas einfallen müssen. Wenn sie schon den weiten Weg nach Friesland machen, wollen sie auch etwas geboten bekommen, das haben sie am Telefon durchblicken lassen. Anspruchsvolle Städter, können sich alles leisten.

Bei seiner kleinen Rente wird das nicht so leicht werden.

Warum muss alles immer so schwierig sein? Marre kickt, ohne nachzudenken, erst eine braune und dann eine zweite, ausgebleichte Muschel in die müde Brandung.

Und trotzdem. Trotzdem muss ihm etwas einfallen. Kein Friese kapituliert so einfach. Trotz Kollektoren und Gardinen und Telefon.

Er schaut einer Möwe nach, die gerade einen überraschend großen Fisch aus dem Meer geholt hat. Wohl bekomm's, geht es ihm durch den Kopf, Fisch soll ja gesund sein, trotz Umweltverschmutzung. Darüber haben sie bei Markus Lanz erst neulich diskutiert. Der neue Landwirtschaftsminister gefiel ihm gut.

Ganz hinten ist jetzt, ganz klein, ein Paar am Strand aufgetaucht. Er erkennt sie nicht, aber es müssen Touristen sein, keiner aus dem Dorf geht um diese Zeit zu zweit an die See. Besucher sind ungewöhnlich für diese Jahreszeit. Aber warum nicht. Hilft der Insel.

Marres Gedanken kehren sofort und ungewollt zu seinem Geburtstag zurück. Er wird bald entscheiden müssen, ob er eine große Feier plant – oder die Kollektoren austauschen lässt, beides zugleich geht nicht. Seinen reichen Bruder, den er nur alle Jubeljahre sieht, fragt er lieber nicht, von dem kommen bestenfalls fadenscheinige Ausflüchte. Die peinliche Situation wird er beiden ersparen.

Der Wind hat weiter aufgefrischt und kommt jetzt von Norden. Marre merkt, dass durch den Rückenwind der

Weg leichter wird. Bald ist der Durchgang durch die Dünen wieder erreicht, der zu seinem Haus führt. Er verlässt die Wasserlinie und schwenkt auf eine Diagonale ein, auf der er den breiten Strand überquert. Der Sand ist hier schon trocken und gibt sogar etwas Wärme ab, sein kaputtes Bein freut sich. Die beiden Touristen sind unten am Wasser stehen geblieben, er wird ihnen also nicht begegnen. Schade, er hätte ihnen einiges über die Insel und die Leute hier erzählen können, das macht er gern. Er spürt bei solchen Gelegenheiten, dass er doch noch zu etwas gut ist. Heute nicht. Ist so, denkt er und hebt die Schultern ein wenig an, obwohl ihn sicher niemand sehen kann.

Trotzdem. Er muss bald zu einem Entschluss kommen, und das bedrückt ihn so, dass er im Moment gar nicht klar nachdenken kann.

Da kommt ihm Ricklef entgegen, der Dünenwächter. Passt gut, denkt Marre, das lenkt ab. Als beide sich gegenüberstehen und das Händeschütteln zu Ende ist, erzählt Marre von dem Kaninchen. Ricklef nickt und sagt, dass Kord das auch schon erwähnt hat. Er, Ricklef, wird sich darum kümmern.

„Ist klar", sagt Marre. „Und sonst?"

„Alles gut", sagt Ricklef, „muss nach oben zum Kliff. Bis später."

Sie verabschieden sich, und Marre muss wieder daran denken, dass er sich noch entscheiden muss. Kann bis morgen warten, findet er. Heute Abend kommt wieder Markus Lanz. Vielleicht bringt ihn das auf neue Ideen.

Ist ja sowieso noch zu früh, das Ruder aus der Hand zu legen.

Starschnitt

Als der Pfleger den Raum betritt, schrickt sie auf und schaut ihn leicht verwirrt an.

„Was?" fragt sie.

„Ich hole Ihr Frühstück ab. Sie haben ja heute kräftig zugelangt, bravo, das wird die Schwester gern sehen", sagt der junge Mann routiniert, ohne die Stimme zu erheben. Er verlässt den Raum mit dem Tablett.

In der Stille, die sich wieder einstellt, dreht sie seine Worte unablässig hin und her, prüft sie auf ihren Sinn und ihre Nuancen. Zugelangt. Das hat ja wohl einen unangenehmen Doppelsinn, oder? Wie hat der Pfleger das gemeint? Und bravo. Das hat in diesem Zimmer schon lange keiner mehr gesagt: bravo. Wohl aus dem Italienischen. Tapfer. Oder aus dem Spanischen? Sie kann sich nicht mehr so genau erinnern.

Aber jetzt kommt ihr etwas anderes in den Sinn. Die Sache mit dem Starschnitt von – der Name fällt ihr im Moment nicht ein. Mutter hatte etwas dagegen, dass sie das Foto an die Tapete klebte. Es gab deswegen einen richtigen Krach. Sie lacht. Was waren wir damals dumm, Mutter und ich. Wegen Elvis – plötzlich erinnert sie sich an den Namen – einen solchen Streit anzufangen. Elvis an der Wand, welche Sünde sollte das wohl sein. Elvis. War ein richtiger Star, irgendwie richtiger als die heutigen Sternchen. Namen wollen ihr dazu allerdings nicht einfallen.

Und Rex Gildo, so hieß der andere damals, an dem sich ein Streit entzündete. Woran man sich plötzlich erinnert, wundert sie sich. Die komischen Namen habe ich ja schon seit Jahrzehnten nicht mehr gehört. Rex und Elvis.

Und Pierre Brice oder so ähnlich. Das war wohl ein paar Jahre später, da ging es Mutter schon nicht mehr so gut. Sie hat bei Pierre Brice schon nichts mehr gesagt. Mutter hatte den Kampf irgendwann aufgegeben, den Kampf gegen die Tochter und gegen die Krankheit.

Und jetzt liege ich selbst hier und bin auf Pfleger und Schwestern angewiesen. Wie es Rex und Elvis und Pierre wohl im Alter ergangen ist? Sind Stars immun gegen Parkinson? Vielleicht weil sie so viele Drogen genommen haben?

Ihre Gedanken kehren zu den fünfziger Jahren zurück. Richtige Idole waren das damals. Man klebte sie sich an die Wand, weil man ihnen nahe sein wollte. Man wollte sie anschauen können, bevor man einschlief und sobald man am Morgen wach wurde. An den seltsamen Namen hat man sich gar nicht gestört. Heute heißen nur noch Hunde und Katzen so, oder? Rex. Typisch Schäferhund. Damals: ein toller Mann.

Schwärmereien, nichts weiter. Sie fragt sich, ob das bei jungen Mädchen heute noch so ist. Was weiß sie schon davon, sie hat keine Kinder und keine Enkel. Als sie noch zuhause wohnte, konnte sie gelegentlich die kleine Tochter des Nachbarn hören, wenn diese zu ihrem acht- oder zehnjährigen Bruder lauthals „du verfickter Hurensohn" rief.

Waren wir auch so, so...ungehobelt? Sie grübelt, kann sich aber nicht an ihre eigene Alltagssprache erinnern. Nur an Elvis, Rex und Pierre. Sie würde die drei heute noch auf der Straße erkennen. Wenn ihr Augenlicht nur besser wäre. Sie kommt schon länger nicht mehr unter Leute.

Wie lang mag das wohl gegangen sein mit den Starschnitten an ihren Zimmerwänden? Hat man irgendwann einen richtigen Schnitt gemacht, die Fotos heruntergerissen und in den Müll geworfen? Wann war das? Als das Zimmer neu tapeziert werden musste? Oder hat man die papierdünnen Abbilder vorsichtig abgenommen und hinterher wieder neu angeklebt?

Und haben wir die Stars regelmäßig gegen neue ausgetauscht? Sie versucht sich zu erinnern, aber es gelingt ihr nur schlecht. Irgendwas war mit einem Rock, Rock Houston oder Hudson vielleicht, das fällt ihr jetzt ein. Auch so ein Vorname. Auch so ein hübsches Gesicht. Den würde sie allerdings nicht mehr wiedererkennen, wenn er jetzt in der Tür stünde. Was der wohl gemacht hat, damals. Und wo der wohl geblieben ist.

Es klopft, und gleich danach steht der Pfleger im Zimmer.

„Alles gut bei Ihnen? Wir bringen Ihnen gleich einen Tee."

Sie nickt und denkt: ist auch egal. Musik und Filme interessieren sie schon lange nicht mehr.

Die Anzeige

Während des Mittagessens blätterte er meist in einer der alten, ungelesenen Zeitungen, die in einem großen Stapel auf dem Küchenboden lagen. Es gab niemanden, mit dem er reden konnte, warum sollte er also nicht die Zeit nutzen und lesen? Und Zeitungspapier verträgt den gelegentlichen Fettfleck von seinen Fingern viel besser als der empfindliche Touchscreen seines Mobiltelefons. Es störte ihn nicht, dass es sich bei vielen Texten buchstäblich um Nachrichten von gestern handelte, die durch neuere Ereignisse ersetzt wurden. Manchmal hatte die Gesellschaft ihre Prioritäten innerhalb weniger Wochen so drastisch geändert, dass er Schwierigkeiten hatte zu verstehen, warum Menschen jemals Zeit und Energie damit verbracht hatten, sich über dieses oder jenes Detail Gedanken zu machen, das im Nachhinein ebenso irrelevant wie erbärmlich schien. Ja, das musst du im Zusammenhang sehen, sagte er sich. Nicht moralisieren. Tu nicht so, als seist du jedermanns Richter. Versuche, die sozialen Kräfte zu benennen, die hinter dieser oder jener Frage stehen. Sei tolerant. Sei nicht hochmütig. Zügele deine Arroganz. Es gibt keine Rechtfertigung dafür. Es ist zu einfach, im Nachhinein Recht zu haben.

Er las monatealte Geschichten über Flüchtlinge im Mittelmeer und in Mittelamerika, die auch gestern geschrieben worden sein könnten. Er las über die Oscar-Nominierungen des letzten Jahres, die Prognose der Weltbank zum Wirtschaftswachstum in Europa im kommenden Jahr, und die ungewissen Chancen des amtierenden Premierministers in einem Westbalkan-Land, wiedergewählt zu werden. Die Artikel hatten sich durch neuere Entwicklungen allesamt als wertlos erwiesen. Er bewunderte die Cartoons über den dummen Präsidenten einer großen westlichen Macht, die gleichzeitig lustig und äußerst bitter waren. Und wie immer nahm er einen Stift, sobald er bei den Kreuzworträtseln angelangt war. Sie würden nie aus der Mode kommen. Angeblich auch gut gegen Alzheimer.

Einmal pro Woche enthielt seine Lieblingszeitung eine Hochglanzbeilage. Die Geschichten waren länger als in der täglichen Ausgabe, die Fotos größer und von besserer Qualität, das Layout origineller, manchmal radikaler, weniger vorhersehbar. Er war oft überrascht von der Wahl der Themen, die manchmal den Zeitgeist besser widerspiegelten als die ernsten Teile der Zeitung. Die Beilage enthielt einen Abschnitt über Lebensmittel, den er stets mit großem Interesse studierte, obwohl es ihm nie im Traum eingefallen wäre, den ausführlichen Anweisungen in seiner eigenen kleinen Küche zu folgen. Für nur eine Person und mit einem knappen Budget zu kochen, ist eine ganz andere Herausforderung. Es war Monate her, seit er einen Freund zum Abendessen eingeladen hatte.

Er war gerade dabei, die leicht zerknitterten Blätter zusammenzufalten, um sie in den Müll zu werfen, als sein Blick auf die Rückseite der Beilage fiel. Die letzte Seite war immer für eine Anzeige reserviert, und diese Ausgabe bildete keine Ausnahme. Er hatte diese spezielle Anzeige noch nie zuvor gesehen. Es zeigte ein riesiges Wohnzimmer, offenbar Teil eines großen modernen

Lofts, mit einer hohen Decke, die von einer Reihe Metallbalken gestützt wurde, wie in einer umgebauten Fabrik. Im Hintergrund war eine Treppe zu sehen, die zu einer offenen, von einem eleganten Metallzaun umgebenen Galerie führte. Die Fenster reichten vom Boden bis zur Decke, waren fünf bis sechs Meter hoch und bestanden aus zahlreichen kleinen quadratischen Scheiben, die in Metallrahmen gehalten wurden. Acht oder zehn Deckenstrahler erhellten den riesigen Raum, obwohl draußen Tageslicht zu sehen war. Das Holzparkett auf dem Boden sah teuer aus, mit unregelmäßigen Mustern wie abgelagertes Holz. An der gegenüberliegenden Wand konnte man ein geschmackvolles Lagerregal mit Tausenden von Schallplatten sehen – Schallplatten, die Quintessenz des Snobismus! Daneben stand ein Sideboard mit einem Plattenspieler, flankiert von zwei leistungsstarken Lautsprechern.

Das auffälligste Möbelstück im Raum war jedoch das riesige U-förmige Sofa, eine wahre Landschaft voller Luxus und Komfort, auf der problemlos zehn Personen Platz fanden.

Er seufzte. Der Werbetreibende, ein Anbieter hochwertiger Wohnaccessoires und Dekorationen, hatte das Recht, uns auf seine Waren aufmerksam zu machen. Warum auch nicht mit einem derart künstlichen Arrangement? Im gesamten Raum gab es keine Anzeichen von täglichem Gebrauch, keine Unordnung außer den wenigen Schallplatten und ihren Hüllen, die dem Vorrat im hinteren Teil des Raums entnommen worden waren und nun kunstvoll verstreut auf dem Sofa und auf dem runden Teppich lagen. Keine Blumen, keine gebrauchten Tassen oder leeren Gläser, kein Klavier, kein Fernseher, keine Zeitung, kein Buch. Nicht einmal ein Couchtisch. Kein Hinweis darauf, dass jemals jemand in dieser Ansammlung toter Objekte gelebt hat.

Ein steriler Raum. Unrealistisch. Absurd in seiner künstlichen Großartigkeit.

Wie viel würde der Besitz eines solchen Lofts in Städten wie Paris oder London kosten, fragte er sich. Sehr viel. Ein ganzes Vermögen. Er versuchte erfolglos, sich den Preis eines Quadratmeters in Orten wie der Innenstadt von Tokio, München, Singapur oder Moskau ins Gedächtnis zu rufen. Zwanzigtausend? Dreißigtausend? Ihm schwirrte der Kopf bei dem Gedanken an solche Beträge.

Erst dann bemerkte er die Frau, die auf dem Sofa lag. Sie stützte sich auf ihren rechten Ellbogen, schaute nicht zum Betrachter, sondern studierte angeblich mit abgewandtem Blick den Text einer Plattenhülle. Sie trug eine rote Hose, die einzige leuchtende Farbe im Raum, und einen gelben Pullover. Ihr Haar war lang und blond, und er schätzte, dass sie in den Dreißigern war. Barfuß. Schlank. Sportlich auf eine anmutige Art und Weise. Ihre Turnschuhe waren achtlos auf dem Teppich liegen geblieben. Eine attraktive, erfolgreiche, kultivierte, zeitgenössische weiße Frau. Ihre Pose war asexuell und hatte nichts Laszives an sich. Ihr Körper sagte nur: „Hier bin ich und genieße mein eigenes Luxusdasein und die Muße, auf die ich voll und ganz Anspruch habe." Sie schien fast sagen zu wollen, dass sie keinen Mann brauchte, der neben ihr auf dem riesigen Sofa saß.

Das Foto berührte etwas in ihm. Nein, gestand er sich ein, es rief mehrere Emotionen wach. Neid? Vielleicht. Er spürte einen Anflug von Eifersucht. Er konnte über die allgemeine Schwärmerei über die angeblich bessere Audioqualität von Schallplatten nur lachen. Seine eigenen Schallplatten waren in einer Cloud im MP4-Format gespeichert. Aber der private Raum, der manchen Menschen täglich zur Verfügung stand, selbst mitten in der Stadt oder mit freiem Blick auf den Fluss, das war kein Grund zum Lachen. Das war echt. Sicherlich alter Reichtum, der über Generationen weitergegeben wurde, aber auch das Ergebnis einer zeitweise spektakulären beruflichen Karriere. Oder pures Glück. Oder Ergebnis von unmoralischen, geradezu kriminellen Taten, die in fernen Ländern begangen wurden.

Er brauchte sich nicht in seiner kleinen Küche umzusehen, um sich des Elends bewusst zu werden, das ihn umgab. Im Vergleich zu dem, was andere genossen, war das Leben zu ihm nicht gut gewesen.

Erneut studierte er die Anzeige. Der andere Nerv, der in ihm berührt wurde, hatte mit der Frau zu tun. Sie erinnerte ihn an Eva. Die Frau auf dem Foto war offensichtlich nicht Eva, ihr Alter passte nicht. Aber irgendetwas an der Lässigkeit, der Pose kam ihm bekannt vor. Über einen langen Zeitraum war Eva eine bedeutende Person in seinem Leben gewesen. Eine Referenz. Ein Orientierungspunkt. Leider war sie nicht seine Frau geworden, denn Eva wollte sich nie allzu sehr binden. Sie hatte Abhängigkeit jeder Art verabscheut. Wahrscheinlich wie die Frau auf dem Foto, aber mit weitaus weniger Möglichkeiten im Leben. Soweit er wusste, besaß

Eva keine nennenswerte Bildung, zumindest hatte sie diese nie zu ihrem Vorteil genutzt. Infolgedessen musste sie hart kämpfen, um über die Runden zu kommen. Allerdings besaß sie die gleiche natürliche Anmut wie die Frau auf der Couch, die mühelose Fähigkeit, sich zu entspannen, sich auf körperliche Details zu konzentrieren und in der Gegenwart zu leben. Sorglos. Manchmal lustig. Luxuriös auf ihre eigene, schlichte und bodenständige Art.

Eva besaß auch keine Bücher, erinnerte er sich jetzt, außer einem alten Kochbuch, das sie vielleicht von ihrer Mutter geerbt hatte, und dem IKEA-Katalog. Es war ihm nie gelungen, in ihr eine Neugier für Belletristik, Poesie oder für Bücher über Kunst oder Geschichte zu wecken, obwohl er es eine Zeit lang versucht hatte. Das Lesen bereitete ihr kein Vergnügen.

Er war mit Eva schon zu der Zeit zusammen, als Schallplatten das einzige verfügbare Format waren, lange bevor die CD auf den Markt kam. Eva hatte seine Plattensammlung geliebt. Manchmal hatte er das unangenehme Gefühl, dass sie nur wegen seiner Schallplatten zu ihm kam. Es war durchaus möglich, dass sie Sex sogar nur als Gegenleistung für das Privileg erlaubt hatte, Benny Goodman, Gershwin oder Ella Fitzgerald zu hören, die sie sehr schätzte. Immer wenn er Ellas „Mack the Knife" auf den Plattenteller legte, tanzte Eva allein durch seine winzige Wohnung und vergaß die Welt um sie herum.

Die vage Ähnlichkeit zwischen Eva und der Frau in der Anzeige beunruhigte ihn und versetzte ihn in einen seltsam melancholischen Zustand. Er hatte jahrelang nicht an Eva gedacht, aber plötzlich kam alles zurück. Die Ekstase, die sie beide zunächst genossen. Das Glück, einander gefunden zu haben, allen Widrigkeiten zum Trotz. Das Verständnis zwischen ihnen – und die Missverständnisse, die sich nach und nach in ihre Beziehung eingeschlichen hatten, zuerst heimlich, dann immer vorhersehbarer. Ihr Lachen. Ihre Argumente. Ihre Tränen. Seine Tränen, nachdem sie ihm endlich gesagt hatte, er solle gehen.

Wo war Eva jetzt? Hatte sie jemanden gefunden, der besser war? Er wusste nicht einmal, ob sie noch lebte.

Wo war sein Leben schiefgelaufen? Welche Entscheidungen hatten ihn auf eine falsche Spur geführt, ihn in eine Abwärtsspirale und schließlich in eine elende Sackgasse gezwungen? Er spürte, wie Wut in ihm aufstieg. Er hätte die Anzeige ignorieren sollen. Nichts berechtigte ihn dazu, Fantasien über ein Leben in einer großzügigeren, gastfreundlicheren Umgebung zu hegen, geschweige denn in einem so geräumigen Loft. Er war erneut in die Falle der Werbeindustrie getappt. Sei dies, sei das, du kannst es tun, wenn du es kaufst. Und die Frau, die du liebst, wird dich dafür nehmen. Er hatte sich daran gewöhnt, den Werbespots im Fernsehen keine Beachtung zu schenken und sie sofort zu vergessen, sobald sie auf dem Bildschirm erschienen. Wie konnte ihm dieses unsinnige Bild auf der Rückseite einer veralteten Zeitungsbeilage unter die Haut gehen?

Jetzt fiel ihm das Kleingedruckte am unteren Rand des Fotos auf. Die schmalen Buchstaben enthielten eine Telefonnummer und eine Liste mit Adressen, wo man die exquisiten Möbel kaufen konnte, sowie den Slogan des

Unternehmens: „Echter Charakter". Charakter? Worüber redeten sie? Wessen Charakter? Es war eine Fälschung, eine Fälschung, nichts als eine Fälschung. Er verfluchte sich selbst dafür, dass er Neid verspürte; dafür, dass er sich an eine Person erinnerte, die er immer noch liebte und die es verdiente, in besserer Erinnerung zu bleiben als im Zusammenhang mit dem erfundenen Foto eines erfundenen Sofas in einem erfundenen Loft; und weil er sich über eine bedeutungslose, billige Manipulation aufregte. Dafür, dass er wieder in die Angewohnheit zurückgefallen war zu urteilen, zu moralisieren, endlos zu interpretieren und sich allem verdammt überlegen zu fühlen.

Mit einer entschlossenen Geste warf er die Beilage in den Mülleimer zu den alten Zeitungen. Er musste den Mülleimer in den Keller bringen, wo die übelriechenden Müllcontainer für den gesamten Wohnblock standen. Spätestens morgen.

Raumgleiter

Durch die Frontscheibe seines parkenden Autos sah er auf der gegenüberliegenden Straßenseite die grün und rot gekleidete Frau, wie sie der Hausecke und dem Marktplatz entgegeneilte. In der Rechten trug sie einen aufgespannten Regenschirm, was sie einige Mühe kosten musste, denn der Wind hatte aufgefrischt und rüttelte den Schirm hin und her. Unter den linken Arm hatte sie eine große Ledertasche geklemmt, die mit einem Logo verziert war, das ihm bekannt vorkam. Vielleicht, mutmaßte er, kam sie gerade vom Arzt und musste jetzt ihren Sohn vom Kindergarten abholen. Oder so: sie war auf dem Weg zu einer wichtigen Verabredung, möglicherweise mit einem Rechtsanwalt oder ihrem Steuerberater, und fürchtete jetzt, zu spät zu kommen und dadurch eine wichtige amtliche Frist zu versäumen. Oder aber sie versuchte, einem noch unsichtbaren Verfolger zu entkommen, vielleicht ihrem Ex, der sich in den letzten Wochen zu einem gefährlichen Stalker entwickelt hatte, was der Polizei, die sie natürlich schon aufgesucht hatte, völlig egal zu sein schien.

Im einfachsten Fall allerdings verspürt sie nur Hunger und will nach Hause, dachte er enttäuscht.

Er malte sich aus, was wohl in ihrer Tasche verborgen war. Akten aus dem Büro, die sie heute Abend noch zu bearbeiten hatte? Oder Zeitschriften, die sie vor dem Fernseher, dem sie gewöhnlich nur ihre halbe Aufmerksamkeit schenkte, durchblättern wollte. Oder aber sie hatte die Einkäufe dort hineingestopft, die sie auf die

Schnelle gerade in einer Boutique auf der Hauptstraße getätigt hatte, denkbar zum Beispiel: ein neuer Badeanzug oder ein Seidenschal. Eine vornehme Bluse würde man wohl trotz des Regens nicht in diese Tasche hineinstopfen.

Wie alt mochte die Frau sein? Fünfundvierzig? Fünfzig? Ein Kind der Kohl-Ära, rechnete er aus. Sie musste die deutsche Teilung noch erlebt haben. Vielleicht aber auch nicht; vielleicht war sie mit ihren Eltern erst später ins Land gekommen, aus Jugoslawien oder aus Russland oder Tadschikistan, wo man in den Schulen der jüngeren deutschen Geschichte wahrscheinlich nur mäßiges Interesse entgegenbrachte.

Jedenfalls, das war ja mit bloßem Auge zu sehen, eilte sie unbeirrt von A nach B, von einem Raum zu einem anderen. Banal, sagte er sich. Während er bewegungslos und mit oberflächlichen Beobachtungen beschäftigt im Auto saß, drehte sich die Welt draußen einfach weiter.

Er schaltete kurz die Zündung ein und betätigte einmal den Scheibenwischer, um das Geschehen auf der Straße besser überblicken zu können.

Die Frau erreichte gerade die Häuserecke, als einige Meter hinter ihr ein älterer Mann, ohne Schirm und nur mit einem T-Shirt bekleidet, aus dem Eingang trat. Schau an, der Stalker. Oder — nein, dachte er, der bringt wahrscheinlich nur seinen Abfall zu den Mülltonnen und sieht zu, dass er schleunigst wieder ins Trockene kommt. Von A nach B und zurück nach A. Kaum Raumgewinn, ging es ihm durch den Kopf, eher ein kurzer Rundgang, den der Alte wahrscheinlich schon tausendmal zurückgelegt hatte und dem er deshalb keine weitere Beachtung schenkte.

Ein Fehler, dachte er in seinem stillen Auto. Wir bewegen uns achtlos durch den Raum, als würden wir alles kennen. Dabei ändern sich ständig die Umstände. Nie steigt man in denselben Fluss. *Panta rhei,* wenn er es noch richtig erinnert. Selbst der Weg zu den Mülltonnen ist jedes Mal anders. Aber dazu müsste man die Augen offenhalten, und nicht wie der Alte —

Was war das? Der alte Mann, der — wie jetzt klar wurde — weder eine Mülltüte noch einen Schirm in der Hand hielt, sondern sich in seinem leicht angegrauten Shirt sorglos dem Regen und Wind aussetzte, strebte nach rechts der nächsten Straßenecke entgegen. Also doch jemand auf der Durchreise zu einem neuen Raum, dachte er. Vielleicht geht er kurz raus, um Zigaretten zu holen. Oder zum Discounter, um sich ein Tiefkühlschnitzel zu besorgen, oder Käse-Scheibletten und ein Glas Gewürzgurken. Was man in dem Alter so isst, dachte er. Ein Fall für die Volksgesundheit. Zu einem Date wird er in seinem Alter und mit seinem Outfit wohl kaum unterwegs sein. Geht man heutzutage in dieser Aufmachung in seine Stammkneipe, um ein Feierabendbier zu genießen? Früher war das wohl denkbar — aber in diesen Zeiten, in dieser Stadt?

Wieder musste er kurz die Zündung einschalten, um den Scheibenwischer einmal zu betätigen, damit er nichts verpasste.

Der Alte war um die Straßenecke verschwunden. Stattdessen kamen jetzt zwei Schülerinnen in den Blick. Er nahm jedenfalls an, dass sie Schülerinnen waren, denn beide trugen schwere Taschen, in denen sich sehr wohl zahllose abgegriffene und mit handschriftlichen Anmerkungen versehene Schulbücher verbergen konnten. Die beiden Mädchen waren sicher froh, dass sie endlich die Räume ihrer „Bildungsanstalt" für heute verlassen konnten, so zügig, wie sie in ihren knallbunten Regenjacken den Bürgersteig entlangliefen. Natürlich Richtung Mutter und Vater, wenn es sie denn gab. Ist heutzutage keineswegs selbstverständlich, eine intakte vollständige Familie, das weiß jeder Zeitungsleser.

Zeitungsleser gibt es heute auch nicht mehr so viele wie früher, dachte er gerade, als er den Alten mit einer Tüte in der Hand zurückkommen sah.

Schau an, doch nicht die Stammkneipe. Vielleicht hat der Mann kein „zweites Wohnzimmer mit Tresen", wie er einmal gelesen hatte. Vielleicht hat der Alte die Anweisung, sofort wieder zu Muttern zurückzukommen, sobald er die Einkäufe erledigt hat. Auch nur ein Weg von A nach B nach A.

Vielleicht braucht Muttern die Käse-Scheibletten für einen Toast Hawaii.

Der Regen trommelte auf das Autodach, als ihm einfiel, dass Toast Hawaii längst aus der Mode gekommen war.

Die Mädchen waren verschwunden und der Alte hatte das Haus bereits betreten, als ein schwerer, schwarzer Wagen am Parkplatz vorbeirauschte. Die Reifen spritzten Wasser von der Straße und nässten den schmalen Streifen Erde, der um den kümmerlichen Baum dort drüben noch verblieben war. Dreißig Ka-Em-Ha sehen anders aus, dachte er, aber manche glauben ja, dass sie sich alles erlauben können. Der ist auch auf der Durchreise irgendwohin. Vielleicht nur ins Fitnesscenter hundert Meter weiter. Aber vielleicht will der ja auch nach Berlin fahren, kann sein, für wichtige Geschäfte oder weil er endlich einmal seine Mitarbeiter zusammenstauchen will, die er sonst nur klein auf dem Bildschirm im Home-Office sieht. Einmal gemeinsam denselben Raum teilen, in natürlicher Größe, das soll ja für viele Menschen eine ganz neue Erfahrung sein.

Was kann man da machen, ging es ihm durch den Kopf. Vielleicht einfach mal neue Räume anbieten. Die Schülerinnen mit Toast Hawaii in den schwarzen Wagen setzen und sehen, was dabei herauskommt – wahrscheinlich eine Katastrophe, so jung wie sie sind, die Fahrt dürfte am nächsten Baum oder in einer Ladenfront enden. Jede Menge Pe-Es, nichts für schwache Nerven. Ka-We heißt das jetzt, pardon.

Den Alten könnte man in die Boutique versetzen. Die Verkäuferinnen, so stellte er es sich vor, würden erst einmal die Nase rümpfen und dem unerwarteten neuen Kunden zuerst ein Handtuch reichen. Und dann würden sie ihm alles Mögliche anzudrehen versuchen, ein schickes, eigentlich für Damen geschneidertes Hemd, einen schwarzen Businessanzug für die Frau von heute, und weil es so gut für die Umsatzzahlen ist: ein nettes Parfum. Dem Alten würde schwindlig werden und er würde vielleicht zum ersten Mal in seinem langen Leben an einen Rechtsanwalt denken.

Und die rot und grün gekleidete Frau — für sie passten die Räume der Schule. Sie könnte eine nette Lehrerin sein. Sie hätte dann immer pünktlich Feierabend und dürfte jeden Tag um diese Zeit nach Hause eilen, oder zum Kindergarten oder ihrem Steuerberater. Keine Frist müsste sie mehr versäumen. In der Schule wäre sie auch vor ihrem stalkenden Ex sicher.

Er seufzte. Dann schaltete er die Zündung ein und startete den Motor. Er musste los. Kein Kopfkino mehr. Seine Raumpflegerin würde bald vor der Tür stehen.

Ein ganz cooles Gespenst

Als Mama die gute Erdbeermarmelade aus dem Kühlschrank holte, begann sie zu schmunzeln. Auf das Etikett hatte jemand einen großen Smiley gemalt. „Wer war das?" fragte sie lachend, „das ist ja wunderschön!" Niemand antwortete, und Mama kam gleich auf etwas anderes zu sprechen.

Und da dachte Peter zum ersten Mal, dass etwas nicht stimmte. Er selbst hatte ja gar nichts auf die Marmelade gemalt. Und sein großer Bruder Gerri bestimmt auch nicht, der war dazu ja schon viel zu alt.

Peter hatte das mit der Marmelade schon fast wieder vergessen, als Papa ein paar Tage später, wie jeden Abend, ein Bier aus dem Kühlschrank holte. Was war denn das? Um den Hals der Flasche hatte jemand einen Stängel Petersilie gelegt. Mit dem Grünzeug hatte jemand sogar einen Knoten gebunden, wie bei einer Krawatte.

Papa sagte nichts, aber er schaute seine beiden Söhne irgendwie merkwürdig an. Gerri lachte gleich und sagte: „Das ist doch lustig! Ich war es nicht." Peter zuckte nur mit den Schultern. Er hatte keine Ahnung, wie man einen Krawattenknoten bindet.

Die Sache wurde ihm nun doch ein wenig unheimlich. Am nächsten Morgen öffnete er deshalb nur ganz vorsichtig die Tür des Kühlschranks, als er einen Joghurt herausholen wollte. Aber nichts geschah. Der Joghurt sah wie immer aus, und er schmeckte auch wie immer.

Peter ging beruhigt zur Schule. Wahrscheinlich war alles nur Einbildung gewesen.

Er hatte seine Schularbeiten schon gemacht, als die Mutter am Nachmittag heimkam. Sie setzte sich aufs Sofa, um sich auszuruhen. Heute war sie mit dem Kochen dran. Sie schaute in ein Kochbuch, dann holte sie ein anderes und machte sich dann Notizen auf einem Zettel, den sie mit in die Küche nahm. Peter blieb bei seinen Spielsachen.

Da kam ein Schrei aus der Küche. „So geht es nicht, meine Lieben!" rief die Mutter. „Hört mit dem Unfug auf! Mit Lebensmitteln spielt man nicht!" Peter lief gleich in die Küche, um zu schauen, was los war. Mutter hielt eine Tomate in die Höhe – mit einem Stück Käse als Nase und zwei Mandeln als Augen. Oben trug die Tomate eine Scheibe Wurst als Kopftuch.

Ja, einerseits war das lustig. Andererseits fragte sich Peter, ob das nicht doch ein wenig zu weit geht. Er mochte Tomaten, aber Wurst eher nicht.

Am nächsten Morgen passierte wieder nichts. Aber am Abend. Peter hatte Durst und wollte sich ein Glas Milch einschenken. Als er die Türschranktür öffnete, sah er etwas hinter die Senfgläser huschen. Er erschrak und wollte die Tür schon eilig schließen, da hörte er etwas. Es war ein Flüstern, das ihn neugierig machte.

„Mensch, Alter, hab keine Angst."

Peter war es nicht gewohnt, dass ihn jemand mit seinen sieben Jahren als „Alter" ansprach, aber die Stimme meinte ihn wohl doch. Außer ihm war ja niemand in der Küche.

„Du bist doch ganz clever im Kopf," ging das Flüstern weiter. „Wie heißt du?"

„Peter", antwortete Peter. Ihm war plötzlich ein bisschen kalt, ob aus Angst oder weil die Kühlschranktür offen war, wusste er nicht.

„Peter, lass uns mal wie vernünftige Leute reden", fuhr die Stimme fort. „Ich pass hier auf euch auf, aber du musst mir auch helfen. Vor allem darfst du niemandem etwas erzählen."

Peter nickte und fragte sich sofort, ob die Stimme ihn überhaupt sehen konnte. Aber das war ihm egal. Ihm fiel im Moment gar keine Antwort ein.

Das Flüstern ging schon weiter. „Ich heiße Melchior. Für den Namen kann ich nichts, sorry. Ist ein alter Name. Bin selbst schon alt, auch wenn ich nicht so aussehe."

Nun musste Peter doch eine Frage stellen: „Wie siehst du denn aus?"

Und da kam hinter den Senfgläsern ein Wesen hervor, ungefähr so groß wie eine Hand. Weiß und fast durchsichtig. Mit einer Zipfelmütze auf dem Kopf und ganz kleinen Händen und Füßen. „Melchior mein Name. Gespenst mein Beruf. Wir sollten Freunde werden. Gerri ist mir schon viel zu groß, der versteht nichts mehr. Und mit Erwachsenen habe ich es nicht so, die machen mir Angst."

Peter überlegte kurz und sagte dann: „Ja."

Das Gespenst schärfte ihm noch ein, dass er niemandem von seinem neuen Freund im Kühlschrank erzählen dürfe. Dann forderte es ihn auf, die Kühlschranktür schnell wieder zuzumachen, denn ihm werde warm.

Ganz in Gedanken trank Peter sein Glas Milch aus. Krass! Dass es so etwas gab! Jetzt war auch klar, wer die Streiche mit den Lebensmitteln verübt hatte. Ihm machte ein wenig zu schaffen, dass er über sein Erlebnis schweigen musste, aber so ist das vielleicht, wenn man älter wird, dachte er.

In den nächsten Wochen passierte nichts Aufregendes, außer dass das Gespenst ihm jedes Mal zublinzelte, wenn Peter die Kühlschranktür öffnete. Dann und wann gab es mal einen neuen Streich, aber Mama und Papa sagten nichts. Einmal war ein Ei angepiekst und leer, wie man es manchmal zu Ostern macht. Ein anderes Mal steckte ein kleines Gürkchen im Käse, das da natürlich nicht hingehörte, aber so schlimm war das auch nicht. Peter wusste ja, wer dahintersteckte. Die anderen schüttelten wohl den Kopf, aber dachten nicht weiter darüber nach. Gerri aß den Käse mitsamt dem Gürkchen einfach auf.

Dann fuhr die Familie in die Sommerferien. Alles wurde schnell zusammengepackt, das Auto wurde beladen, und ab ging die Post, wie man so sagt. Nur der Kühlschrank wurde in der Eile vergessen.

Nach drei Wochen kamen sie wieder nach Hause. Gerri und Peter waren braungebrannt, denn sie hatten jeden Tag am Strand gespielt und im Meer gebadet. Mama und Papa waren nicht ganz so braun, aber gut erholt. Alle strahlten und freuten sich.

Kaum waren die Koffer ausgepackt, ging Papa zum Kühlschrank, um das erste Abendbrot zuhause vorzubereiten. Er öffnete die Tür und schaute sich die Vorräte an. „Naja", sagte er laut, „viel ist ja nicht mehr da. Aber etwas geht immer."

In dem Moment fiel die Butterdose aus dem Kühlschrank.

Alle erschraken. Mama schaute ihren Mann an und sagte: „Kannst du nicht aufpassen?" Papa drehte sich um und sagte: „Merkwürdig, ich habe die Butterdose gar nicht angefasst. Den gekochten Schinken habe ich gesucht." Er räumte die Gläser, die Selleriestangen, die Tüte mit Tomaten, die Majonäse, den Senf und die verschiedenen Käsepackungen erst hierhin, dann dorthin, roch an der Milch und prüfte die Marmelade. Aber den gekochten Schinken fand er nicht.

Da fiel ein Ei auf den Küchenboden.

„Jetzt sei doch nicht so ungeschickt," sagte die Mutter. Aber Papa fühlte sich unschuldig, denn die Eier standen immer ganz hinten und er hatte sie gar nicht in die Hand genommen. Ganz verwirrt schloss er die Tür. „Mach du's", sagte er zu Mama.

Sie schüttelte den Kopf und öffnete den Kühlschrank – und sofort kippte eine volle Bierflasche heraus, fiel auf die Kacheln und ging entzwei.

Die Eltern gaben es auf. An dem Abend aßen sie einfach Spaghetti, mit Tomatensoße aus einem Glas, das sie im Vorratsschrank fanden.

Peter war der Einzige in der Familie, der sich einen Reim auf alles machen konnte. Melchior war am Werk gewesen, da war er sich sicher. Melchior hatte nicht gewollt, dass sie den gekochten Schinken fanden.

Melchior hatte sich nicht anders zu helfen gewusst, als alles Mögliche aus dem Kühlschrank zu kippen, um die Familie zu warnen.

Am nächsten Morgen begann die Schule wieder. Peter stand extra früher auf als die anderen, um leise zum Kühlschrank zu gehen. Er öffnete die Tür und richtig, da saß Melchior und schaute ihn voller Stolz an.

„Das wäre beinahe schief gegangen," flüsterte das Gespenst, „der gekochte Schinken ist längst verdorben, aber das kann ein Mensch vielleicht nicht sehen."

Peter schluckte und sagte: „Danke. Das war richtig gut von dir." Dann griff er sich einen Joghurt, bei dem er vorsichtshalber nach dem Datum schaute, und schloss langsam die Tür.

Und von da an waren die beiden trotz ihres Größenunterschieds allerbeste Freunde.

Freunde fürs Leben

„Magst du Sizilien?"

Er spürte, wie sein Herz stärker schlug. Cecilia hatte innerhalb von Sekunden geantwortet. Ihr Profilfoto zeigte sie mit einer Katze auf dem Arm, sehr charmant, eine faszinierende Dame, trotz ihres Alters. Dass sie auf seine kurze Nachricht geantwortet hatte, stimmte ihn optimistisch. Vielleicht hatte er den Text auf seiner eigenen Profilseite doch gar nicht so schlecht verfasst. Er tippte „Ja, wunderbarer Ort, war schon ein paar Mal dort und habe die Gastfreundschaft immer bewundert" und wartete. Mit einem leisen *Pling* bestätigte sein Computer, dass die Nachricht gesendet war. Er stand auf, um seinen Rücken gerade zu machen. Bleib jetzt ruhig, alter Junge. Keine Eile.

Als er an den Schreibtisch zurückkam, sah er, dass auch Amanda eine Antwort auf seine erste vorläufige Kontaktmail geschickt hatte. Von ihrer Profilseite wusste er, dass Amanda in derselben Stadt lebte, dass sie gerade die Schwelle von 60 Jahren überschritten hatte und immer noch „vorzeigbar" war – wie sie es selbst ausdrückte. Ihr Foto hatte mehr verborgen als enthüllt, was er noch eindrucksvoller fand.

Amanda:

„Dein Foto ist großartig, du bist ein charmanter Mann – vielleicht."

Er:

> „Danke, das gilt natürlich auch für dich, charmante Frau. Obwohl dein Foto auf meinem Bildschirm nicht so deutlich angezeigt wird."

Er fügte den Smiley „cool" hinzu. *Pling.*

Amanda, nach fünf Minuten:

> „Computer-Nerd. Erzähl mir mehr über dich."

Ihr Smiley sagte „Grinsen".

Er unterbrach das Geplänkel, um sich zurückzulehnen und über die Dinge nachzudenken. Das Online-Portal „Freunde fürs Leben" war bereits nach wenigen Tagen zu einem festen Bestandteil seines Alltags geworden. Er hatte immer über Statistiken gelacht, die zeigten, dass junge Menschen etwa achtzig Mal am Tag alle zehn Minuten auf ihr Smartphone schauten. Allerdings hatte er es jetzt fast geschafft. Aber es fühlte sich gut an. Das Stöbern nach den Nachrichten im Internet stellte einen Rhythmus her, den er in den letzten Jahren vermisst hatte. Es hielt ihn am Leben und gab seinen Tagen einen Sinn. In seinem Alter, in dem seine Kinder und Enkel weit weg waren und ein emsiges Leben führten, war es nicht einfach, jemanden zu finden, mit dem man seine Gefühle teilen, mit dem man reden und der Teil seines Lebens sein konnte.

Viele der eingegangenen Nachrichten waren jedoch trivial. Erst diese Woche hatte er Kontakt zu einer Rosemary, einer Hortense, einer Phoebe und einer Janet aufgenommen. Keiner von ihnen hatte mehr als „Danke, ich melde mich bei Ihnen" oder „Entschuldigung, im Moment kein Interesse" geantwortet. Berthe

– ein französischer Name? – war die Einzige gewesen, der mit mehr Substanz geantwortet hatte.

Er:

"Dein Profil ist sooo interessant. Warum erzählst du mir nicht mehr?"

Berthe:

"Danke. Dein Foto gefällt mir auch. Da ich gerade auf Reisen bin, können wir uns nicht ohne Weiteres treffen, aber da du andeutest, dass du dich für Literatur interessierst, warum sprechen wir nicht zuerst über das Buch, das du gerade liest?"

Der Smiley sagte "Lächeln".

Er ignorierte den Bildschirm bewusst für einen Moment, nahm ein sauberes Blatt Papier aus dem Drucker und begann, das zu zeichnen, was er seine "Bilanz" nannte. Amanda, Berthe und Cecilia waren zu diesem Zeitpunkt potenziell vielversprechende Kontakte. Sie waren diejenigen, die mit mehr als nur symbolischem Interesse geantwortet hatten. Er zeichnete drei gleich große Kästchen und begann, sie systematisch mit den wenigen Informationen zu füllen, die er besaß. Alter, Familienstand, Kinder, Interessen, Wohnort.

Als er fertig war, zeigte das vor ihm liegende Blatt, dass alle drei Damen bis auf weiteres der Mühe wert waren, den Kontakt fortzusetzen. Gleichzeitig dämmerte ihm, dass er sich vielleicht in ein Loch graben würde. Irgendwann müsste er eine Wahl treffen. Wie könnte er eine solche Entscheidung treffen, ohne zuvor Sympathien, sogar unsichtbare Bindungen, Erwartungen zu wecken, die er oder sie in den meisten Fällen in der einen oder anderen Phase des Prozesses enttäuschen müsste? Lohnte sich der Aufwand? Er fühlte sich ein wenig unwohl. Es kann ratsam sein, die unausweichlichen Entscheidungen so früh wie möglich zu treffen.

Auf ein neues Blatt schrieb er „Tests" und zeichnete ein Flussdiagramm, beginnend mit einem Kästchen namens „Test 1" und weiter unten auf der Seite ein Kästchen namens „Test 2". Das sollte reichen. Test 1 wäre etwas, das mit Kultur zu tun hat, Test 2 etwas, das mit Politik zu tun hat. Um die Spreu vom Weizen zu trennen, dachte er, bevor ihm klar wurde, dass die Metapher nicht wirklich sehr schmeichelhaft war. Sobald Test 1 erfolgreich bestanden wurde, wird Test 2 angewendet. Er schickte identische, aber getrennte Mails an Amanda, Berthe und Cecilia.

> „Hallo, ich bin so froh, dass du mir geantwortet bist. Als ich deine Nachricht las, erinnerte ich mich an diese lustige Szene in einem Buch eines österreichischen Autors, das ich einmal gelesen hatte. Ich habe seinen Namen vergessen. Der Titel des Buches hatte irgendetwas mit Sturm oder Wind zu tun. Die Szene war lustig, weil die Frau den Mann, den sie im Café treffen soll, nicht kennt. Dort angekommen, kann sie ihn nicht identifizieren und verlässt nach einer Stunde das Café, das voller flirtender Paare ist. Wie sich herausstellt, saß der Mann an der Bar und schaute weg, während er seine Schwester, die ihm gegenübersaß, als Ausguck benutzte. Du hast es bestimmt gelesen."

Pling.

Nach zwei Stunden hatten alle drei geantwortet.

Amanda:

> „Der Titel ist ‚Gut gegen Nordwind'. Sehr lustig, sehr senti-
> mental, ein bisschen kitschig. Wir würden das niemals tun,
> oder?"

Berthe:

> „Tut mir leid, ich kenne das Buch nicht. Klingt lustig und
> traurig zugleich."

Cecilia:

> „Natürlich habe ich es gelesen. Der Haken ist, dass sie nicht
> in den Genuss von ‚Freunde fürs Leben' mit seinen Profilsei-
> ten und Fotos kamen. Könnte uns nicht passieren, oder?"

Er lächelte, der erste Test hatte perfekt funktioniert.
Er bewunderte sein eigenes Talent, eine möglicher-
weise schwierige Situation mit potenziell emotionalen
Verstrickungen zu entschärfen. Er schickte Berthe eine
Nachricht.

> „Ja, ich melde mich mit mehr, wenn ich weniger beschäftigt
> bin. Bis dahin alles Gute."

Pling.

Punkt. Ende der Durchsage. Besser jetzt als später. Sie
hätte zumindest die Hinweise, die er gegeben hatte,
googeln sollen. Mit entschlossenem Federstrich strich
er eines der drei Kästchen in seiner Bilanz durch.

Er fühlte sich ermutigt, mit Schritt zwei des Prozesses
fortzufahren, hielt es jedoch für ratsam, einige Stunden
verstreichen zu lassen. Es war spät am Tag. Bevor er
den Computer um Mitternacht herunterfuhr, schickte
er getrennt gleichlautende E-Mails an Amanda und Cecilia:

„Nein, wir haben einen anderen Ansatz, denke ich. Im Moment lese ich weniger Bücher und mehr Nachrichtenportale, obwohl die Schlechtigkeit der Welt dazu neigt, mich zu deprimieren. Hast du gelesen, was Trump bei seiner Rede in Montana gesagt bzw. nicht gesagt hat? Ich bin ratlos. Ich brauche wirklich jemanden, der mich aufbaut."

Pling.

Ohne auf eine Antwort zu warten, verließ er den Schreibtisch, um ein paar Stunden Schlaf zu finden. Er hoffte, dass Test 2 funktionieren würde und nicht sofort als Assessment-Center erkennbar war, wie elegant er ihn auch formuliert hatte.

Nach einer unruhigen Nacht startete er am Morgen seinen Computer, um zwei Nachrichten zu finden.

Amanda:

„Du hast mich vom Schlafen abgehalten. Die Montana-Rede ist in Form und Inhalt schrecklich. Kim, Putin und der ganze Rest reiben sich die Hände. Was für ein Chaos. Lies es nicht, wenn es dich krank macht."

Cecilia:

„Was habe ich mit dem Präsidenten der USA zu tun? Ich bevorzuge derzeit den neuesten Roman von Salman Rushdie, den ich viel relevanter finde."

Ah, was für eine Freude zu sehen, wie seine kühnsten Erwartungen in Erfüllung gehen. Die Testanordnung war perfekt. Er konnte nun mit Energie und klarer Orientierung weitermachen. Aber zuerst eine Nachricht an Cecilia.

„Vielen Dank! Ich werde später in dieser Woche mit dem Buch beginnen und mich so schnell wie möglich bei dir melden."

Pling.

Er hasste Rushdies Stil, aber warum sollte er es in diesem Zusammenhang erwähnen, und zuerst müsste er ja den Namen des Romans googeln. Das lief auf keinen Fall.

Mit deutlichem Hochgefühl konzentrierte er sich stattdessen auf den nächsten Schritt mit Amanda, deren Bild auf dem Portal etwas verschwommen war – aber in seinem Kopf sah er sie ganz deutlich vor sich: schlagfertig, hingebungsvoll, konzentriert, IT-affin, elegant, wahrscheinlich auch umwerfend schön. Er fühlte sich aufgeregt und innerlich warm. Er brauchte eine Stunde, um die nächste Nachricht zu formulieren.

„Liebe Amanda, wenn ich das zu einem so frühen Zeitpunkt sagen darf, vielen Dank für deine aufschlussreiche Antwort. Mir scheint, wir funken auf derselben Welle. Könnte ich ein Treffen vorschlagen, um unsere Weltsicht und die gegenseitigen Erwartungen zu besprechen? Ich würde mich sehr freuen, dich kennenzulernen. In Liebe."

Pling.

Nach dem *Pling!* dachte er, dass das „In Liebe" vielleicht etwas zu stark war und bei Amanda einen falschen Eindruck erwecken könnte. Andererseits kann es sinnvoll sein, eine gewisse Dynamik zu erzeugen. Als ausgebildeter Ingenieur konnte er sich zu Recht als Experte für Dynamik bezeichnen. Für Tests und Dynamik.

Wie um ihn zu quälen, dauerte es mehrere Stunden, bis ihre Antwort eintraf. Der anschließende Meinungsaustausch erfolgte jedoch schnell.

Amanda:

> „Hallo, guten Morgen und danke. Ja, warum nicht, könnte interessant sein."

Er:

> „Liebe Amanda, was ist mit heute Abend oder morgen Abend? In den Flying Cocktails, meiner Lieblingsbar?"

Amanda:

> „Morgen passt es mir gut, gegen neun Uhr? Allerdings würde ich die Opernbar bevorzugen, ist eher mein Stil. Wäre das für dich in Ordnung?"

Er:

> „Großartig, sogar spannend, ist notiert. Woran erkenne ich dich? Dein Bild auf dem Portal war nicht so scharf."

Amanda:

> „Mach dir keine Sorgen, du wirst mich schon sehen. Auf jeden Fall werde ich dich erkennen."

Das Lächeln auf seinem Gesicht war so groß, dass es ihm fast wehtat. Vielleicht endlich ein Freund fürs Leben. Jede Mühe wert.

Aber zuerst noch eine Reihe von Tests. Er nahm ein neues leeres Blatt aus dem Drucker und begann, ein Flussdiagramm zu zeichnen, mit den Eintragungen „Test 3" bis „Test 5". Unter jedem Kästchen führten die „Nein"-Optionen jeweils ins Nichts, wohingegen die „Ja"-Antworten tiefer in das Labyrinth aus Pfeilen, Kreisen und Kästchen steuerten – eigentlich tiefer in eine Beziehung. Test 3 hatte mit Geografie und Mobilität zu tun. Besaß sie ein eigenes Auto? War sie so mobil wie er? Wäre sie bereit, bei einem Mann wie ihm einzuziehen? Jetzt oder später? Test 4 war schwierig; er bezog sich auf frühere Beziehungen und aktuelle familiäre Verpflichtungen, von denen er aus seinen bisherigen Kontakten wusste, dass sie mittel- bis langfristig zu ernsthaften Problemen führen konnten. Es war wichtig, diesen Punkt so früh wie möglich mit Amanda zu klären. Test 5 schließlich befasste sich mit materiellen Angelegenheiten, Einkommen bzw. Rente, Vermögen und Verbindlichkeiten. Nicht unbedeutend, aber auch nicht unbedingt ein K.O.-Kriterium. Und sobald Test 5 bestanden war, herrschte Glückseligkeit. Wahrscheinlich mehr als nur Freunde fürs Leben.

Die Stunden vergingen langsam. Am Abend schickte er Amanda eine weitere Nachricht mit dem kaum verhohlenen Versuch, sie zu einem „Kuss"-Smiley oder sogar einem roten Herzchen zu bewegen, doch zu diesem Zeitpunkt kam keine Antwort. Vermutlich war sie beschäftigt.

Am nächsten Tag stand er früh auf, ging zum Friseur und kaufte sich ein neues Paar Schuhe. Er suchte nach der genauen Lage der Opernbar und deren Öffnungszeiten. Er fühlte sich wie im siebten Himmel. Am Nachmittag nahm er ein Bad und begann, das anzuziehen, was er selbst als seinen „Opernstil" bezeichnete, im Wesentlichen mit mehr Farbe als gewöhnlich und einem Tupfer seines erlesensten Parfüms. Um acht Uhr verließ er die Wohnung und erreichte zwanzig Minuten später die Bar.

Einen Tisch zu bekommen war zu dieser Zeit kein großes Problem. Der Saal war halb voll, weil die Opernbesucher schon Minuten vorher gegangen waren, um rechtzeitig zur Vorstellung ihre Plätze einzunehmen. Er setzte sich und konsultierte die Getränkekarte. Hochpreisig, ohne Zweifel. Er zögerte eine Minute, ob er ein Glas des lokalen Weins für sechs Uhr neunzig oder ein Glas Champagner für neun neunzig bestellen sollte, entschied sich aber am Ende für den Champagner. Der Anlass verdiente nur das Beste.

Diskret beurteilte er die anderen Gäste. Es gab einige Paare, von denen viele ineinander vertieft waren. In der Ecke saß eine alleinstehende Dame und las eine Broschüre, die sie vielleicht am Eingang vom Stapel genommen hatte. Könnte sie es sein? Es gab zwar eine gewisse Ähnlichkeit mit dem Profilfoto, aber nur, wenn man die Augen zusammenkniff. Dann bemerkte er zwei Damen, die an einem anderen Tisch in ein Gespräch vertieft waren, eine davon mit dem Rücken zu ihm. Würde Amanda das bekannte Spielchen mit ihm spielen, dieses Mal mit einer Freundin? Er sah, dass eine der Frauen gelegentlich einen Blick in seine Richtung warf. Wurde er gerade abgeschätzt?

Er bestellte ein zweites Glas Champagner. Es war fast neun Uhr, und er wollte nicht dabei erwischt werden, wie er mit einem leeren Glas voller verschwitzter Fingerabdrücke vor sich dasaß. Jetzt vorsichtig mit Alkohol, sagte er sich. Aber eine solche Begeisterung verlangte geradezu nach einem guten Drink, oder?

Neun Uhr verging, nichts passierte. Noch gab es keinen Grund zur Sorge. Akademisches Viertel vielleicht.

Oder ein Stau. Oder ein wichtiger Anruf. Noch einmal rückte er seine Krawatte zurecht und wartete. Dann bemerkte er eine einsame Frau, die an der Bar saß und etwas trank, das wie Kaffee oder Tee aussah. War es möglich? Sie sitzt da und erwartet, dass er den ersten Schritt macht? Hatte sie nicht gesagt, dass sie ihn erkennen würde? Unruhig rutschte er auf seinem Stuhl hin und her.

Halb zehn rückte schnell näher. Er schaute auf sein Telefon, aber es war keine Nachricht angekommen. Seltsam. Pünktlichkeit war offensichtlich nicht jedermanns Sache. Die Kellnerin kam herbei, störte ihn in seinem aufsteigenden Zorn und fragte, ob er noch ein Getränk oder etwas zu essen bestellen wolle. Barsch lehnte er ab.

Als er sich umsah, bemerkte er, dass ein weiteres Frauenpaar angekommen war, mit geröteten Gesichtern nach einem angeregten Gespräch oder einem flotten Spaziergang. Er begann sich zu fragen, ob er aufstehen und sie direkt ansprechen sollte. Was das passend? War es nicht ein Zeichen von Schwäche, dass er sich in die Defensive gedrängt fühlte? Ihm fiel auf, dass er keinen detaillierten Plan erstellt hatte, wie er die erste Frage formulieren sollte: „Bist du Amanda?" klang so steif. Vielleicht: „Könnte es sein, dass ich nur auf dich gewartet habe? Amanda, richtig?" wäre cool.

Um zehn Uhr bestellte er ein drittes Glas Champagner. Definitiv der letzte. Betrunken zu sein wäre überhaupt nicht angebracht. Zum dreißigsten Mal suchte er den Raum ab. Einige Damen könnten in Frage kommen, wenn man wegen des verschwommenen Fotos Zugeständnisse machen würde. Aber bisher hatte von ihnen noch keine einen Schritt in seine Richtung gemacht. Sein Kopf fühlte sich leicht an, in seiner Brust spürte er jedoch, wie Enttäuschung, Selbstmitleid und ein Gefühl der Niederlage aufstiegen.

Als das Opernpublikum laut und lärmend in die Bar zurückkam, winkte er und verlangte die Rechnung. Die Kellnerin kam nach ein paar Minuten vorbei. Er beglich den Betrag mit kleinen Scheinen und ließ nach einigem Zögern die drei kleinen Münzen in der Schale liegen. Ein langer Spaziergang und die kalte Luft draußen würden ihm guttun.

Als er nach Hause kam, sah er, dass eine Nachricht auf dem Portal angekommen war. Eine Nachricht von Amanda.

„Das war vielleicht etwas. Ich habe dich den ganzen Abend beobachtet und mich gefragt, wie ich damit umgehen soll. Am Ende habe ich mich dagegen entschieden, das irgendwie fortzusetzen. Keine Basis für eine Beziehung. Nichts für ungut. Es war einfach zu schäbig, mir ein dürftiges Trinkgeld von dreißig Cent zu hinterlassen. Test nicht bestanden."

Kann denn Sünde Liebe sein

Das erste Mal fiel sie mir auf, als wir auf der Demo gegen den Besuch des ausländischen Militärmachthabers waren. Zusammen mit tausend anderen, denen das Schicksal der politischen Gefangenen in jenem Land nicht egal war, warteten wir in der Nähe des Marktplatzes. Zufällig standen wir nebeneinander. Sie hatte die Kapuze ihres Hoodies ins Gesicht gezogen und wirkte nicht wie jemand, der ein Gespräch sucht.

„Jetzt kann es aber bald losgehen", sagte ich beiläufig.

Sie dreht sich zu mir um und musterte mich. „Meinst du, dass die auf uns Rücksicht nehmen?", kam es unter ihrer Kapuze hervor. „Die hängen doch nur am Topf vom Kapital."

Ihre Stimme hatte etwas Anrührendes, etwas Gebrochenes, als wenn ihre Stimmbänder gerichtet werden müssten. In dem Moment kam, eskortiert von weißgekleideten Polizisten auf Motorrädern, ein Konvoi großer schwarzer Limousinen herangerollt. Wir verloren uns aus den Augen.

Tage später trafen wir in der Uni aufeinander, als wir in den großen Hörsaal gingen. Ich erkannte sie nur an ihrem Hoodie, sonst wäre sie mir gar nicht aufgefallen.

„Alles gut?" fragte ich, um irgendetwas zu sagen.

„Bin ich hier bekannt wie eine bunte Kuh, oder was?", erwiderte sie in leicht aggressivem Ton. Aber mit dieser interessanten Stimme. Sie sah auch ganz gut aus.

„Bunter *Hund*. Bekannt wie ein bunter *Hund*, sagt man. Bist du aber nicht." Mein Sprachpurismus geht manchmal mit mir durch. Das ist nicht immer hilfreich. So offensichtlich auch in diesem Fall, denn sie suchte sich für die Vorlesung einen Platz möglichst weit weg von mir. Am Ende der Veranstaltung sah ich sie nicht mehr.

Das nächste Mal traf ich sie ein, zwei Wochen später in der Buchhandlung, in der die studierende Bevölkerung sich mit allem eindeckt, was nicht elektronisch übermittelt werden kann. Sie war dezent und vornehm gekleidet, ohne Hoodie. Dieses Mal erkannte sie mich zuerst.

„Ein Buch sagt mehr als tausend Worte", murmelte sie, sobald sie sicher war, dass ich sie hören musste.

Ich war ein bisschen perplex. So hatte ich die Dinge noch nicht gesehen; ganz falsch war die Formulierung ja nicht. Fast hätte ich jetzt „ein Bild" gesagt, aber das verkniff ich mir. Ihre ganze Erscheinung, aber vor allem ihre Stimme, war zu interessant. Stattdessen rang ich mir ein „Hallo" ab; und ein „Mal wieder hier?"

Wir kamen ins Gespräch. Sie erzählte von ihrem Germanistikstudium. Schiller sei gerade auf dem Leseplan, sagte sie, ätzend, besonders der Ring des Pythagoras. Völlig überholt, wer interessiere sich noch für Schiller.

War das Absicht oder Achtlosigkeit? Ich sagte dazu nichts, erwähnte meine eigenen Studienfächer, auch, um das Gespräch zu verlängern und die aufkeimende Vertrautheit nicht zu stören. Ich spürte, dass mich ihre Gegenwart keineswegs langweilte. Wir kamen überein, nebenan einen Kaffee zu trinken; am Tisch verabredeten wir uns dann für ein Abendessen.

Im Restaurant, zwei Tage später, holten wir ein wenig weiter aus und erzählten von unseren Familien und studentischen Erfahrungen mit dem Wohnungsmarkt, von unseren Lieblingsspeisen und Reisen. Sie stamme aus menschlich schwierigen Verhältnissen, plauderte sie munter drauflos, aber sie habe sich „an der eigenen Nase aus dem Sumpf gezogen"; schwer sei das gewesen. Jetzt aber besitze sie genügend Geld, um sich als Belohnung für ihr anstrengendes Studium Restaurantbesuche gönnen zu können, und dann ordere sie immer Tornados Rossini, „nur ganz kurz gebraten"; ob ich das auch möge.

Mir wurde schwindelig. Machte sie sich über mich lustig? Sie verzog keine Miene, aber dabei kam sie so spaßvogelig um die Ecke, dass es mir schon fast zu viel wurde. Heinz Erhardt Spätlese. Oder war das ihre spezielle Art, der Welt zu zeigen, wie unabhängig sie war, wie sehr sie sich den Anforderungen ihres Studiums überlegen fühlte und von den Konventionen unserer Sprache emanzipiert hatte? Oder aber war es ein irgendwie legasthenisches Handicap, die Unfähigkeit, genau hinzuschauen und hinzuhören?

Und: hatte noch niemand korrigierend eingegriffen? Eltern, Lehrer, Freunde? Wenn auch nur mit einer sanften Mahnung, es nicht zu übertreiben?

„Mittags mache ich immer eine Fiesta. Ein, zwei Stunden. Ich brauche das", unterbrach sie meine Grübeleien.

Ja, dachte ich, mach nur. Du willst mich auf die Probe stellen. Du willst mich provozieren, bis ich wieder den Besserwisser rauskehre. Du willst mir zeigen, wie klein-bürgerlich-regelgesteuert ich bin, wie wenig souverän — damit du umso mehr glänzen kannst.

Wollte ich das Spiel mitspielen, zu diesem Zeitpunkt? Ich war mir unschlüssig. Sie war attraktiv und intelligent, keine Frage, und vielleicht auch ein bisschen an mir interessiert. Andererseits... ich brauchte eigentlich keine schwierige Beziehung, in der ich ständig auf der Hut sein musste, um nicht in eine Falle zu tappen und bloßgestellt zu werden. Wie lange würde der Spaß dauern, fragt ich mich, bis ich der Sache überdrüssig zu werden begönne.

Ich traf keine Entscheidung, sondern ließ mich in et-was hineintreiben, das wie ein anregendes Experiment aussah. Wir trafen uns regelmäßig, in Cafés und Restaurants, im Kino und bei Konzerten. Irgendwann landeten wir bei ihr im Bett. Als wir wieder zu Atem gekommen waren, fragte sie lächelnd, aber rein rhetorisch: „Kann denn Sünde Liebe sein?"

Das Herz schlägt ja immer schneller, wenn jemand von Liebe spricht, das ist wohl fest in unserer DNA ver-drahtet. Sie hatte es als Frage formuliert und in einen engen Zusammenhang mit moralischen Prinzipien ge-stellt. Sünde! Wie pathetisch war das denn! Dabei war sie, wie sie mir einige Tage vorher glaubhaft versichert hatte, „religiös völlig unmusikalisch". Womit sie im glei-chen Atemzug auch noch einen großen Soziologen zi-tiert hatte, den sie allerdings Anton Webern nannte. Warum sprach sie dann von Sünde? Um einen Sicherheitsabstand zwischen uns zu legen? Um sich selbst zu kontrollieren? Hatte sie ein schlechtes Gewissen und wollte es erleichtern, indem sie ihr — imaginäres — Vergehen selbst aussprach? Es gab niemanden, der uns diese angebliche Sünde vergeben könnte, also führte ihre Frage eigentlich nirgendwo hin.

Ich wurde aus ihr nicht schlau, auch wenn die Situation so wunderbar war.

Wir waren jetzt ein Paar, und wir taten eine Zeitlang, was Paare machen — lachen, sich streiten, sauer sein, sich trennen, wieder zusammenkommen, feiern, neue Pläne schmieden, auf Demos gehen. Nach außen schauen, andere Menschen kennlernen. Rückzugsmöglichkeiten einfordern und gewähren.

Das ging einige Monate recht gut. Unser Studium ging voran, bei mir problemlos, bei ihr mit einigen Rückschlägen und „Pausen", wie sie es nannte. Ich machte mir keine Gedanken, schließlich war ich nicht für sie und ihre beruflichen Aussichten verantwortlich. Allerdings bemerkte ich, dass sich ihre Marotte (wie ich es insgeheim nannte) im Laufe der Zeit immer stärker ausprägte. Sie sagte z.B. „Bionade", wenn „Robinsonade" gemeint war, und „Philotechnik" wenn sie „Pyrotechnik" meinte. Nicht weiter schlimm, manchmal lustig, manchmal banal. Auch das mit der Sünde, die vielleicht Liebe ist, wiederholte sie fast jedes Mal, nachdem wir uns geliebt hatten.

Und dass sie religiös unmusikalisch sei.

„Das ist von *Max* Weber, wenn ich das sagen darf", musste ich — trotz meiner bis dahin ehern geübten

Zurückhaltung — eines Tages einwerfen, als mir ihr moralisches Räsonieren allmählich zu viel wurde.

Sie sah mich befremdet an.

„Du bist und bleibst ein Korinthenknacker", flüsterte sie nach ein paar Sekunden fast tonlos. Die Farbe war aus ihrem Gesicht gewichen, wie es mir schien. Ich musste sie getroffen haben. Dann sagte sie, mit festerer Stimme jetzt: „Und was hast du sonst noch aus deiner anomalen Phase mit in dein Erwachsenendasein genommen? Spielst du noch heimlich mit deiner Holzschlittschuhbahn? Du blödest mich an."

Das war wohl der Kipppunkt. Von da an ging es mit unserer Beziehung schnell bergab. Es gab keinen Streit und keine Tätlichkeiten, niemand musste weinen, wir hatten kein gemeinsames Vermögen, selbst unsere Bücher hielten wir immer penibel getrennt. Es ging so auseinander, wie es begonnen hatte: flüchtig, ungeplant, unverbindlich. Sie holte wieder ihren Hoodie raus, den sie monatelang nicht getragen hatte.

Wir sahen uns erst tagelang nicht, dann wochenlang. In der Universität begegneten wir uns, wenn überhaupt, nur zufällig, und dann auch nur auf den Gängen, im Vorübergehen. Ein Kopfnicken, mehr war da nicht, und immer beruhigte sich mein Herz schnell wieder.

War ich jemals aus ihr schlau geworden? Sie besaß einen Grad an Autonomie, an spielerischer Souveränität und Sicherheit, der mich fasziniert hatte, solange es gut ging. Jetzt, wo Schluss war, konnte ich mir zwar die eine oder andere ihrer merkwürdigen Redewendungen ins Gedächtnis zurückrufen, aber ob sie mehr damit ausdrücken wollte als eine kleine Provokation, hat sich mir nie erschlossen.

Aber Sünde, nein, Sünde war das nicht gewesen.

KI

Ihre Frage: Wer war im Jahre 1933 Oberbürgermeister von Bonn. Die Antwort ist: Franz Josef Bast.

Danke für Ihre Nachfrage. Es war tatsächlich nicht Franz Josef Bast. Sie haben Recht. Wir bitten um Verzeihung. Es war Hermann Josef Bast, ein Kommunalpolitiker von großem Format. Er wog 123 Kilogramm. Das Kilogramm ist die im internationalen Einheitensystem verwendete kohärente Maßeinheit für die Masse.

Danke für Ihre Nachfrage. Es war tatsächlich nicht Hermann Josef Bast. Wir bitten um Verzeihung. Erfinder des internationalen Einheitensystems war tatsächlich Waldemar Bosemann. Bosemann (1822-1867) war ein Schriftsteller von internationalem Ruf und Naturforscher. Naturforscher beobachten, messen und analysieren die Zustände und das Verhalten der Natur. Die Stadt Bonn hat eine berühmte Universität, die insbesondere für ihre juristische Fakultät Weltruhm erlangt hat.

Danke für Ihre Nachfrage. Hermann Josef Bast war tatsächlich nicht Naturforscher, wir bitten um Verzeihung. Geben Sie eine neue Frage ein.

Ihre Frage: Der Name welchen Bürgermeisters einer großen deutschen Stadt hat vier Buchstaben. Die Antwort ist: Gallenhuber (Würzburg) und Paschinowitz (Clausthal-Zellerfeld).

Danke für Ihre Nachfrage. Sie haben Recht, die Namen Gallenhuber und Paschinowitz haben tatsächlich mehr als vier Buchstaben. Wir bitten um Verzeihung.

Die richtige Antwort ist: Seewald (Delmenhorst), Schmidt-Kramer (Flensburg) und Thorwald (Grevenbroich).

Danke für Ihre Nachfrage. Ihre Frage lautet: Warum bekommen Sie nie eine richtige Antwort. Unsere Antwort: bitte präzisieren Sie Ihre Frage. *You can find the addresses of suitable prompt engineers here.*

Danke für Ihre Nachfrage. Nachfrage ist in der Wirtschaft die Menge jeder Art von Gütern und Dienstleistungen, die Wirtschaftssubjekte durch Kauf zu einem bestimmten Kaufpreis pro Einheit erwerben. Die Nachfrage nach Naturforschern ist im Moment groß, wie Hermann Josef Bast am 27.02.2025 in der Bild-Zeitung berichtet hat. „Bild" ist der Name eines großen deutschen Presseorgans, das in Bonn erscheint. Der Chefredakteur ist Waldemar Bosemann.

Danke für Ihre Nachfrage. Waldemar Bosemann ist tatsächlich nicht der Chefredakteur der Bild-Zeitung. Wir bitten um Verzeihung. Wir bitten um Verzeihung.

Danke für die Verzeihung, Franz Josef Bast.

Danke.

Porfirio

Eine – zu Recht - unbekannte Episode
der pfälzischen Geschichte des Jahres 1833

Für einen Kanzleischreiber im Landcommissariat in Neustadt an der Haardt ist es in diesen Zeiten schwer, mit einer Handvoll Gulden als Salär auszukommen. Seit der Franzosenzeit ist es im Rheinkreis zu mancherlei wirtschaftlichen Beschwernissen gekommen, von denen sich selbst ein bayerischer Beamter nicht befreien kann, auch wenn sein Einkommen um vieles höher sein mag als das Einkommen der Bauern, die jeden Morgen ihre kümmerlichen Erzeugnisse auf dem Markt feilbieten. Gerade neulich hat sich Porfirio Gnadenbauer an den Landkommissär gewandt, um vielleicht eine Besserung seiner Bezüge... Aber sprechen wir nicht mehr davon.

Eigentlich macht Porfirio etwas anderes mehr Sorgen. Die ruhige und treue Bevölkerung des Landes, die sich in der Vergangenheit nie zu Widersetzlichkeiten gegen die ferne Regierung in München hat hinreißen lassen, lässt neuerdings Zeichen von Furchtlosigkeit und Aufregung erkennen. Das Landcommissariat ist davon direkt betroffen. Und als Kanzleischreiber befindet sich Porfirio inmitten eines Orkans von unerhörten Straftaten, politischer Schwärmerei und dem ständigen Verlangen nach Veränderung. Es braucht eine starke Hand, um dieser Unordnung ein Ende zu setzen. Findet Porfirio, der an seinem Pult steht und gedankenverloren aus dem Fenster auf den Marktplatz schaut.

Sein Gedankenstrom wird unterbrochen, als die Tür zum Amtszimmer des Landcommisärs Witt aufgeht und der Amtsleiter höchstpersönlich auf der Schwelle erscheint. Porfirio greift sofort zu Feder und Tintenfass, und beeilt sich, seinem Vorgesetzten in dessen Allerheiligstes zu folgen.

„Porfirio, schreibe er auf: An den Generalstaatsprokurator, betreff des Komplotts auf dem Hambacher Schloss und der durch Pressvergehen ausgelösten Unruhe im übrigen königlichen Rheinkreis..."

Das Diktat zieht sich über fast eine Stunde hin. Der Kanzleischreiber kann zwar die Formulierungen des Landcommissärs zu Papier bringen, aber er versteht trotz seiner langen Erfahrung durchaus nicht alle Feinheiten des gedrechselten Textes. Darin wimmelt es nur so von Begriffen wie „Kassationsgerichtshof", „Bezirksgerichtssprengeln", „Thronfolgeordnungen", „außerordentliche Assise" und „Leibverhafts-Ordonnanz".

Was er allerdings verstanden hat: der Leiter des Landcommisariats ist nicht mit der Entscheidung einverstanden, den Prozess gegen die Verbrecher des Hambacher Schlosses im vergangenen Jahr von Zweibrücken, dem zuständigen Ort eines ordentlichen Assisengerichtsprozesses, nach Landau zu verlegen. Landcommissär Witt will mit seiner Eingabe gegen die Entscheidung angehen, für diesen Prozess neue Räume außerhalb der etablierten Institutionen zu finden. Immerhin geht es um das größte und wichtigste Gerichtsverfahren, das der Rheinkreis seit den Tagen Napoleons zu bewältigen hat.

Macht man sich mit dieser Maßnahme nicht mitschuldig am Geist der unbotmäßigen Unruhe, die das Land erfasst hat? Porfirio kann die Gefühle seines Vorgesetzten verstehen. Manchmal fängt der Umsturz mit einem kleinen Schritt an. Mit einer kleinen Geste. So wie mit den unschuldigen Bäumchen, die die Aufrührer an mancherlei Orten der Pfalz gepflanzt haben und die sie „Freiheitsbäume" nennen. Welche Vermessenheit! Welch Frechheit! Wahre Freiheit kann es nur unter der allerhöchst gnädigen Obhut eines Landesherrn wie des seligen Königs Maximilian Joseph und jetzt seines Sohnes geben. Davon ist Porfirio überzeugt, auch wenn noch so viele irregeleitete Unruhestifter auf der Burg krakeelen.

Lasst sie doch schreien, denkt er bei sich, lasst sie doch ihren kriminellen Umsturzträumereien anhängen. Die von Gott geschenkte Ordnung wird sich schnell wieder einstellen. Dafür sorgen allein schon die Kürassiere und die Kanonen, die allerorten stationiert sind. Und die treue Landbevölkerung, die den unbotmäßigen Städtern zeigen wird, welche die unumstößlichen, ewigen Werte der Pfalz sind. Dort wohnt das wahre Volk, das dem König und seinen Beamten treu ergeben ist.

Porfirio macht sich an die Arbeit und setzt das Schreiben des Landcommissärs in Reinschrift auf. Er verschreibt sich einmal, weil er das ihm eigentlich geläufige Wort „Besorgniss" aus Versehen mit einfachem „s" zu Papier bringt. Aber mit etwas Sand kann er den Fehler ausmerzen.

Ausmerzen, denkt er, die Revolution ausmerzen. Das ist eine Frage der Staatsräson. Nicht nur die Freiheitsbäume von allerhöchster Stelle verbieten und von den Gendarmen ausreißen lassen. Das reicht nicht. Man braucht stattdessen eine Art Gedankenpolizei mit weitreichenden Befugnissen, die den Umtrieben ein für alle Mal ein Ende setzt.

Also jetzt einfach neue Räume suchen? In Landau noch dazu, ausgerechnet in dieser Bundesfestung! Was sich der Generalstaatsprokurator dabei wohl gedacht hat. Als wenn es in der schönen Rheinprovinz nicht bessere Örtlichkeiten gäbe, näher an der Stelle, an der das unerhörte Verbrechen geschah.

Das reicht doch nicht aus, um ein Problem zu lösen, denkt Porfirio, während er die Reinschrift verfertigt.

Was allerdings stimmt, geht es ihm durch den Kopf, ist die beruhigende Wirkung, die eine Präsenz von zahlreichen patrouillierenden Soldaten und soliden Stadttoren auf die öffentliche Ordnung hat. Das spricht sicher für die Suche nach neuen Örtlichkeiten in Landau, auch wenn der Landcommissär dies in seinem Schreiben als unpfälzisches Argument abtut, weil er eher auf den aufrechten Sinn seiner Landsleute vertrauen will.

Aber was versteht er als kleiner Kanzleischreiber schon von den großen Fragen der Staatspolitik. Dazu gibt es Höhergestellte, in Kaiserslautern und Speyer, vielleicht sogar im fernen München, die sich darüber den Kopf zerbrechen müssen. Gerüchteweise soll es schon vor einigen Monaten zu allerhöchstselbigen Beratungen gekommen sein, weil Zweibrücken zu unsicher erscheint, von Neustadt selbst ganz zu schweigen.

Und die Gefangenenbefreiung neulich in Frankfurt am Main hat sicher nicht zur Beruhigung der Autoritäten beigetragen.

Das will man an allerhöchster Stelle sicher vermeiden, soviel Aufmerksamkeit, wie die Vorfälle auf der Burg im Deutschen Bund und sogar im Ausland ausgelöst haben. Der russische Kaiser soll sich sogar erbost gezeigt haben, dass die Umstürzler in Hambach die Revolutionäre des polnischen Novemberaufstands so enthusiastisch gefeiert haben! Das stand im „Amts- und Intelligenzblatt des Königlich Bayerischen Rheinkreises", das Porfirio neulich verstohlen gelesen hat, weil es herrenlos auf dem Nachbartisch in der Weinstube „Zum goldenen Pirol" lag. Zeitungen sind auch nur eine Vorstufe zur Revolution, das weiß der Kanzleischreiber, aber seine Neugier konnte er an jenem Abend einfach nicht zügeln. Man muss sich ja über die Gedankenwelt der Staatsfeinde informieren, findet Porfirio.

Das Schreiben ist fertig, und er beeilt sich, das Kuvert zu versiegeln, damit er den Eilpostwagen nach Kaiserslautern noch erreicht, der schon auf dem Marktplatz bereitsteht.

Vielleicht hat der Landcommissär Recht, wenn er auf die Einhaltung der hergebrachten, bewährten Regeln vertraut. Vielleicht hat er aber auch Unrecht, und die unruhige Zeit erfordert wirklich etwas Neues, sogar einen Umzug in diese komische Stadt Landau, die noch so sehr vom französischen Einfluss geprägt ist. Andererseits wiederum, geht es ihm durch den Kopf, warum jetzt die alte Zeit zurückholen? Der Volksmund hat es richtig gesagt: „Napoleon, Napoleon, dich soll der Teufel holeon…".

Während Porfirio mit wehenden Rockschößen die Kanzlei verlässt und die knarrenden Stufen herabeilt, um das Schreiben rechtzeitig abzuliefern und damit so Gott will das Geschehen zu beeinflussen, beschäftigt ihn die Frage, wie wohl an höchster Stelle über ihn gedacht wird. Vielleicht hört sogar der russische Kaiser von Porfirio Gnadenberger und seinen Bemühungen, die Argumente des Landkommissärs Witt mit Fleiß, in Schönschrift und korrekt zu Papier zu bringen! Aber wie soll er, Porfirio, je davon erfahren?

Das „Amts- und Intelligenzblatt des Königlich Bayerischen Rheinkreises", das wäre es. Er müsste jeden Abend in den „Goldenen Pirol" gehen und sich informieren.

Er erreicht gerade noch die Eilpost nach Kaiserslautern. Gut gemacht, sagt Porfirio Gnadenbauer zu sich selbst, vielleicht wird dein Salär ja doch noch erhöht.

Stamm, Zweig, Blatt

Alles beginnt mit der Wurzel. Hier, oben auf dem windgepeitschten Hügel, ist eine solide Wurzel besonders wichtig. Der Baum kann sich nicht erinnern, wann und wie sich die Keimwurzel in den Boden gebohrt hat oder wann sie sich zu einer Pfahlwurzel entwickelte und auf die Zellfäden der Pilze traf. Es besteht jedoch kein Zweifel, dass Mineralien und Bakterien reichlich vorhanden waren und noch sind, denn der Baum steht dort als festes Wahrzeichen. Einige der Wurzeln ragen jetzt in der Luft, aber das ist eine andere Geschichte, die dem Baum nur vage bewusst ist. Die Stabilität steht außer Frage. Schmarotzer und Krankheitserreger wurden immer in Schach gehalten.

Es ist der Stamm, der so beeindruckend ist. Dank seines zuverlässigen Gefäßsystems überragt der Baum alle anderen Pflanzen in der Umgebung und trotzt den Elementen und allen natürlichen Feinden. Das lebende Innengewebe des Stammes ist durch eine dicke, wasserdichte Hülle geschützt, die von einer Vielzahl feiner Atmungsporen durchzogen ist. Der Baum achtet nicht auf den kontinuierlichen Austausch der weichen, schwammigen lebenden Zellschicht, die den Zucker- und Wassersaft von den Wurzeln in die oberen Teile transportiert. Der Baum macht sich etwas mehr Sorgen wegen der bohrenden Insekten, die die Rinde bevölkern und mit denen er sich ständig auseinandersetzen muss.

Der Baum hat keine Erinnerung an die schweren Verletzungen, die er vor vielen Jahren erlitten hat, als seine Rinde abgeschält wurde, um sie zum Gerben von Häuten zu verwenden. Die Auswirkungen sind hier und da für ein geschultes Auge noch sichtbar.

Der Baum erinnert sich auch nicht an das Beschneiden der Äste in seiner Jugend. Sie bilden jetzt eine zerfurchte Schutzkuppel, die wie eine Abfolge unregelmäßiger, immer höher werdender Y-Formen aufgebaut ist, scheinbar zufällig, aber aus der Ferne betrachtet immer noch überraschend kongruent und ausgewogen. Ohne das Wissen oder die aktive Beteiligung des Baumes beherbergen die Zweige Hunderte von Tieren, hauptsächlich Vögel und Käfer, die sich im Laub oder in der Rinde verstecken.

Die Blätter von *Quercus robur* sind spiralförmig angeordnet und haben gelappte Ränder. Im Gegensatz zu den Blättern von Verwandten auf anderen Kontinenten fehlt ihnen eine Borste an der Blattlappenspitze. Aber dem Baum ist es egal. Wichtiger ist die Gerbsäure, die die Blätter vor schädlichen Pilzen und Insekten schützt.

Die Eiche ist daran gewöhnt, dass sie ihr Laub verliert. Sie leidet nicht, wenn die Blätter aufhören, neues Chlorophyll und Pflanzenhormone zu produzieren, sobald die Tage kürzer werden und die Kälte einsetzt. Wenn es Zeit zum Ausruhen ist, beginnen die bereits in den Blättern vorhandenen roten und gelben Pigmente zu erscheinen. Kurz nachdem sich in Erwartung der nächsten Vegetationsperiode an den Spitzen der Zweige Schuppen gebildet haben, fallen die letzten Blätter ab. So war es schon immer.

Ohne nachzudenken, bringt der Baum männliche und weibliche Blüten hervor. Die Früchte werden in becherartigen Strukturen getragen, die sie halten, bis sie reif sind und auf den Boden fallen. *Quercus robur* kann sich nicht daran erinnern, wie das einzige wichtige Spermium vor Jahrhunderten genau an diese Stelle auf dem Hügel gebracht wurde.

Der Baum empfindet keinen Neid darüber, dass Eicheln so schwer sind und nicht so elegant fliegen wie die Samen einiger seiner Nachbarn weiter weg auf dem Hügel und im Tal.

Die Stieleiche ist insgesamt eine sehr widerstandsfähige Pflanze. Das dünne Seil einer Kinderschaukel, das an einem niedrigen Ast befestigt ist, kratzt kaum an der Oberfläche. Selbst wenn ein dickeres Seil in halber Höhe über einen seiner Äste geworfen wird, zeigt der Baum keinerlei Anzeichen von Protest oder Trauer, auch nicht, wenn der Körper eines Menschen an einem Ende des Seils festgebunden ist. Genauer gesagt der Hals eines Menschen. Der Baum setzt seinen Zyklus von Wachstum und Verfall fort, ohne die geringste Rücksicht auf die Rechtfertigungen eines Beamten zu nehmen, der unter seiner Laubkuppel steht. Eine Hexe? Ein Zauberer? Ein Brunnenvergifter? Ein Ketzer? Irrelevant. Die Eiche versteht nicht, dass ihre Lage auf dem Hügel sie zu einem beliebten Ort für rachsüchtige Menschen macht, die der Welt eine boshafte Botschaft übermitteln wollen.

Die Dellen am Ast in mittlerer Höhe, wo die Seile um das Holz liefen, werden noch einige Jahre sichtbar sein, verschwinden dann aber in den neuen Rindenschichten. Der Baum ist widerstandsfähig.

Auch der Stoffwechsel der Stieleiche ist robust, wie der lateinische Name schon sagt. Die Sonne ist lebenswichtig, ebenso wie Wasser. Mit allem anderen kann man sich bis zu einem gewissen Grad arrangieren. Die genaue Mischung aus Mineralien und Bakterien auf diesem kleinen Hügel ist überhaupt nicht schlecht und hat dem Baum all die Jahre gute Dienste geleistet. Der Regen brachte ab und zu einige seltsame Zutaten mit sich, aber *Quercus robur* passte sich fast mühelos an die neuen Bedingungen an.

Doch vor einigen Jahrzehnten war der Baum... sagen wir mal: erschrocken, als die Flüssigkeit, die seine Wurzeln erreichte, plötzlich seltsame Anteile an Proteinen, Glukose, Mineralien, Hormonen und Kohlendioxid aufwies. Nichts, was einer erwachsenen Stieleiche große Sorgen bereiten könnte, aber dennoch ungewohnt. Da die Flüssigkeit durch Schichten abgestorbener Blätter und Erde gesickert war, hatte sie schon lange ihre Temperatur von 37° Celsius verloren, bevor sie den Baum erreichte. Und da eine Eiche farbenblind ist, konnte der Baum den tiefroten Farbton der Flüssigkeit nicht erkennen. Damals hallten Rufe wie „Verräter", „Volksfeinde" und „Judensau" bis hinauf in die oberen Äste, bevor die Schüsse fielen. Eine der vielen Kugeln, die bei dieser Gelegenheit abgefeuert wurden, traf den Stamm und blieb dort, aber ansonsten war der Baum unbeeindruckt. Das kleine Loch einer Sieben-Millimeter-Patrone wurde später von einem Käfer besetzt. Harmlos.

Sicherlich harmloser als der beispiellose Schaden, den der Baum gegen Ende der folgenden Wachstumssaison erlitt. Kein Baum kann Handgranaten, Minensplitter und Panzermunition erkennen, die in seine Richtung fliegen, und verfügt daher über keinerlei Mechanismen, um sich selbst zu schützen. Darum erwies sich *Quercus robur* in diesem Fall als nicht so robust. Er verlor einige wichtige Äste auf der Ostseite sowie die meisten Blätter. Es gab auch Brandflecken, die später nur sehr langsam und unvollständig verheilten. Die nahezu perfekte Harmonie der Äste und Zweige war für immer gestört. Aus einigen Ys waren nur noch gerade Linien geworden. Die Menge an Eicheln war in diesem Jahr minimal, fast nicht vorhanden. Aber der Baum erinnert sich nicht.

Eine Stieleiche fühlt sich weder glücklich noch zufrieden oder erleichtert, wenn ein Sturm vorüber ist, sondern lebt einfach weiter. Einige der großen Äste blieben trotz all dem ohrenbetäubenden Lärm und dem Staub und den Schauern von Metallpartikeln intakt. Große, stabile Äste, die das Gewicht darüber geworfener Seile problemlos tragen können, und in dieser besonderen Jahreszeit sogar das Gewicht menschlicher Körper, die an den Seilen befestigt sind. Diesmal wurden Wörter wie „Spion" und „Verräter" und wieder „Feind des Volkes" gerufen, und da zu jener Zeit keine Blätter zu sehen waren, erreichten die Worte nicht nur die grüne Kuppel über ihnen, sondern auch den Himmel. Es waren keine Schüsse zu hören, nur das leichte Schleifgeräusch der Seile, die mit ihrer schweren Last an den Ästen langsam im Wind hin und her schwangen, lange nachdem alle Menschen den Hügel verlassen hatten.

Kann ein Baum danach wieder normal werden? Ganz bestimmt. Ein paar Kratzer in der Rinde, ein Jahr ohne Eicheln, oder eine vorübergehende Verunreinigung des Grundwassers mit einer seltsamen Flüssigkeit sind für *Quercus robur* kein Problem. Innerhalb weniger Jahre repariert es sein Gefäßsystem und beginnt, Blätter und Zweige zu bilden, wo immer es die Gesamtharmonie des ewigen Eichendesigns erfordert. Das Nachwachsen neuer Zweige ist jedoch eine anspruchsvollere Aufgabe und wahrscheinlich zu viel für eine Eiche dieses Alters. Es bleibt ein leicht fragiler Zustand erhalten, der den Baum anfälliger als zuvor für den Mehltau macht, der in dieser Region mit dem kleinen Hügel so häufig vorkommt. Bisher ist der Baum, ohne es zu wissen, auch dem Wasserschimmel entgangen, der einige seiner Verwandten schnell und effizient tötete. Gallwespen besuchen den Baum von Zeit zu Zeit, aber der Schaden ist begrenzt und nur oberflächlich – nichts, was das lange Leben einer Stieleiche beeinträchtigen könnte. In den letzten Jahrzehnten zogen Eichenprozessionsspinner bis weit nach Norden auf genau diesen Hügel, aber es gibt genügend natürliche Räuber, um deren Population in Schach zu halten.

Viel entscheidender ist, dass die Anzahl der Eicheln stabil und ihre Fortpflanzungsqualität nach wie vor absolut zufriedenstellend ist.

Die äußeren Markierungen verschwinden langsam unter neuen Rindenschichten, die wie zuvor, wenn auch mit abnehmender Geschwindigkeit, hinzugefügt werden. Einige sagen jedoch, dass die Qualität des Holzes nicht mehr den Kriterien für ein Parkett höchster Qualität genügen würde.

Andererseits ist die Rinde immer noch fest genug, um jugendliche Kreativität mit Hilfe eines scharfen Messers anzuregen. Die neueste Ergänzung ist die Inschrift „Fuck school" auf der nordwestlichen Seite des Stammes, wo die Rinde dünner ist, weit unterhalb der Stelle, an der die ersten Zweige erscheinen. Kein Problem für einen *Quercus robur*.

Zu diesen Texten

Viele dieser Geschichten sind für die Schreibgruppen in Speyer („Spira" des Literarischer Vereins der Pfalz, und „Club der lebenden Autoren") entstanden und wurden bei öffentlichen Lesungen in der Region vorgetragen.

Untergang am Tag der Arbeit (S.9) ist meine literarisierte Fassung eines kurzen Absatzes im Kapitel „Am Rande des Lebens" der 1994 erschienenen Memoiren von Will Brandt („Erinnerungen"). Brandt trat am 1. Mai 1945 als Redner auf einer Versammlung in Stockholm auf. Bei ihm liest sich dieser Moment so: *„Ich habe [meine Rede] noch nicht geendet, als mir eine Agenturmeldung heraufgereicht wird, die ich an die Versammelten weitergebe: ‚Liebe Freunde, jetzt kann es sich nur noch Tage handeln. Hitler hat sich durch Selbstmord der Verantwortung entzogen.' Wir gehen in tiefer Bewegung auseinander."*
Zuerst unter dem Titel „Demise on Labour Day" in „Lockdown Heroes".

Die Raschelmaschine (S.19) erschien in der Nr. 49 (2023) der „Neuen Literarischen Pfalz" des Literarischen Vereins der Pfalz.

Die Erzählung **Zwei Stunden in Flandern** (S.23) ist eine Verbeugung vor Erich Maria Remarque und seinem 1928 erschienenen Roman „Im Westen nichts Neues". „Paul Bäumer" ist darin der Name der von Remarque erdachten Hauptperson. Mein Text war ein Beitrag zum Literaturfest des Literarischen Vereins (Speyer) im September 2023 („Im Westen etwas Neues").

Das Zitat in der Erzählung **Der Herbst ist immer unsere beste Zeit** (S.49) stammt aus dem Brief, den Goethe am 27. Juni 1797 an Schiller schrieb. In dem Brief äußert sich Goethe eigentlich zu Schillers Ballade „Der Ring des Polykrates" (und nicht zum Ring des Pythagoras, vgl. S.110). Dann schreibt er weiter: *„Das Barometer ist in steter Bewegung; wir können uns in dieser Jahrszeit keine beständige Witterung versprechen. Man empfindet diese Unbequemlichkeit nicht eher als bis man Anforderungen an eine reine Existenz in freier Luft macht; der Herbst ist immer unsere beste Zeit."*

Hand aufs Herz (S.55) entstand 2019 in englischer Sprache unter dem Titel „Lexington and 61st". Die Erzählung ist inspiriert vom Leben und Tod des US-amerikanischen Schauspielers Lex Barker in New York im Jahre 1973. Durch seine Rolle als „Old Shatterhand" in mehreren Winnetou-Filmen ging Barker auch in die deutsche Filmgeschichte ein.
Zuerst in „Trunk, Branch, Leaf".

Die Anzeige (S.77) ist eine Übersetzung der ursprünglich englischsprachigen Fassung von 2020. Die Anzeige existiert tatsächlich und wird noch heute manchmal in deutschen Zeitschriften geschaltet.
Zuerst in „Lockdown Heroes".

Ein ganz cooles Gespenst (S.91) war ein Geschenk zum siebten Geburtstag meines Enkels Jonas.

Die **Freunde fürs Leben** (S.97) erschienen in englischer Sprache zuerst in *Coffee Sniffers*. Eine deutsche Kurzfassung, angefertigt für öffentliche Lesungen, trägt den Titel „Ein Abend in der Opernbar".

Die Person des Kanzleischreibers **Porfirio** (S.97) ist frei erfunden — nicht dagegen der räumliche und politische Zusammenhang. Die Gerichtsverhandlung für die „Aufrührer" des Hambacher Festes von 1832 wurde im Jahr darauf tatsächlich wegen Sicherheitsbedenken in die Bundesfestung Landau verlegt.

Die englischsprachige Fassung von **Stamm, Zweig, Blatt** (S.125) entstand 2019 ursprünglich für die Schreibwerkstatt von Bahiyyih Nakhjavani in Strasbourg.
Zuerst in „Trunk, Branch, Leaf".

Frühere Bände

Texte 2017
Dezember 2017

❧

Erprobungen - Test runs 2016-2018
August 2018

❧

Coffee Sniffers
und andere Geschichten/and other stories
November 2018

❧

Trunk, Branch, Leaf
Short stories
November 2019

❧

Lockdown Heroes
Short stories
Dezember 2020

❧

Müllerstraße, Wedding
und andere Texte 2017-2021
November 2021
2. Aufl. Februar 2022

❧

Ein Held in der Buttermilch
Stories und Gedichte
November 2022

Ulrich Bunjes
Gabelsbergerstraße 9
67346 Speyer

ulrich@bunjesrepublik.de

Informationen zu meinen Lesungen
und ausgewählte Texte stehen auf
https://schreiben.bunjesrepublik.de